BoD

Thomas Held

Hotel Ca'n Pedrus

Geschichten aus dem Süden

BoD

Impressum

© 2016 Thomas Held für sämtliche geschriebene Inhalte

Titelbild: © Barbara Held

Fotos: © Thomas Held

Über den Autor:

Thomas Held, 1965 in Basel geboren und seit 1997 mit Barbara verheiratet. Zur Zeit leben wir im Schweizer Jura.

Herstellung und Verlag: BoD - Books on Demand, Norderstedt

ISBN 978-3-7412-8295-9

Bibliografische Information der Deutschen Nationalbibliothek

Ein jeder tut Gutes
indem er nichts Schlechtes tut.

In Gedenken an meinen guten alten
Freund Willi aus Hamburg.

Inhalt

Einleitung		9
Kapitel 1 :	Das Hotel	12
Vers 1 :	Gute Nacht Geschichte	39
Kapitel 2 :	Menschen im Hotel	41
Vers 2 :	Die grosse Freiheit	94
Kapitel 3 :	Der Traum vom Haus im Süden	96
Vers 3 :	Wartezeiten	111
Kapitel 4 :	Mein Freund Willi	113
Vers 4 :	Wichtig	125
Kapitel 5 :	Heisszeit	126
Vers 5 :	Unwichtig	132
Kapitel 6 :	Mediterrane Lebensqualität	133
Vers 6 :	Einsichten	145
Kapitel 7 :	Der ganz alltägliche Wahnsinn	146

Ansichtskarte vom Hotel

Hafen von Cala Ratjada, Mallorca

EINLEITUNG

Diese unsere Geschichte beginnt im Jahre 1992, als mein Bruder und ich unsere Heimatstadt Basel verliessen um in Cala Ratjada, an der Nordostküste Mallorcas das kleine Hotel Ca'n Pedrus zu übernehmen. Das Hotel wurde im Jahre 1969 erbaut und war somit schon seit über 20 Jahren in Betrieb. Die Vorbesitzer, zwei Schwestern aus der Schweiz, wollten den Betrieb aus Altersgründen abgeben. Dass wir das Ca'n Pedrus erwerben konnten, war für uns die Erfüllung eines Traumes, den viele träumen. Ein eigenes kleines romantisches Hotel im Süden. Und es sah ganz genau so aus, wie wir es uns immer vorgestellt hatten. Nun war es also soweit und wir durften anfangen, unseren Traum zu leben.

Wir waren uns darüber im Klaren, dass dies ein gewagtes Abenteuer werden kann und dass auch im Paradies hinter jeder Ecke die Tücken lauern. Gemeinsam machten wir uns auf diesen unbekannten Weg, einen Weg mit vielen Höhen und Tiefen. Wobei vor allem die Tiefen und die damit eng verbundene chronische Geldknappheit uns immer wieder zu kreativem Handeln zwangen. Das Wort „*sparen*" wurde für uns zu einem prägenden Begriff und ist es bis heute geblieben.

Nichtsdestotrotz, oder wohl gerade deshalb, waren diese 15 Jahre im Ca'n Pedrus die wohl spannendsten und aufregendsten Jahre, die wir bis dahin erleben durften.

Lustig, skurril, wunderlich, fröhlich aber auch traurig und nachdenklich waren diese Erfahrungen. Geschichten, von denen einige so unglaublich klingen, dass ich sie unbedingt aufschreiben musste. Nur um mir auch in Zukunft immer im Klaren darüber zu sein, dass all das wirklich so passiert ist.

Der Mensch vergisst schnell. Einbildung und Realität vermischen sich, je weiter das Erlebte zurückliegt. Können wir heute noch detailliert wiedergeben, was wir vor 10 Jahren erlebt haben? Wahrscheinlich nicht, denn wir alle neigen dazu, Erlebnisse beim Weitererzählen zu übertreiben. Die kleine Forelle, die man geangelt hat wird dann schnell zum riesigen Hecht.

Auch in den nachfolgenden Geschichten besteht die Möglichkeit, dass das eine oder andere Erlebnis ein wenig ausgeschmückt daherkommt. Falls es so sein sollte, war es bestimmt nicht meine Absicht. Ich schiebe somit die volle Verantwortung auf mein Erinnerungsvermögen, falls es mir falsche Tatsachen vorgaukeln sollte. Trotzdem hat sich im Grossen und Ganzen alles genauso zugetragen, wie auf den nachfolgenden Seiten wiedergegeben.

Einige der Ereignisse darf man sicher der Hitze des Sommers zuschreiben. Im Süden bestimmt und beeinflusst die Hitze das Verhalten und den Tagesablauf von uns Menschen mehr als im kühleren Norden. Hitze macht den Menschen träge aber gleichzeitig auch impulsiver. Der

Mensch reagiert in der Hitze emotionaler, aber auch gleichgültiger. Die Hitze kann das Wesen eines Menschen derart verändern, bis es nicht mehr wiederzuerkennen ist. Viele der nachfolgenden Erzählungen wären wahrscheinlich mit einem kühleren Kopf so nicht passiert.

Die Erfahrungen die wir in diesen Jahren gesammelt haben sind nicht alltäglich. Unserem Hotel haben wir es zu verdanken, dass wir einen kurzen Blick sowohl in die spanisch-mallorquinische, als auch in die touristische, ganz allgemein jedoch in die menschliche Seele werfen durften. Ohne all diese Menschen, unsere Hotelgäste, unsere Angestellten und all die anderen Geschichtenzuträger wäre dieses Buch nie zustande gekommen. Vielen Dank dafür an alle.

KAPITEL 1

DAS HOTEL

Am Anfang war die Wildnis

Es ist ein grauer nasskalter Februartag im Jahre 1992 als wir unser eben erworbenes kleines Hotel Ca'n Pedrus auf Mallorca zum ersten Mal als stolze Besitzer betreten. Es steckt keine aussergewöhnliche Architektur in diesem Bauwerk. Es ist ein schlichtes und eher unauffälliges rechteckiges Gebäude mit den Grundmassen 40 x 10 Meter, mit Parterre und einem Obergeschoss. Die Vorderseite zieren einfache Balkone mit Holzgeländern und die Hinterseite recht hübsche Arkaden hinter denen die Gänge zu den Zimmern liegen. Im unteren Geschoss liegen 10 Gästezimmer sowie der Eingang und im oberen Stock gibt es 12 weitere Zimmer. Das Hotel existiert wie gesagt seit 1969 und man sieht es ihm an. Ausser einer dicken Kalkfarbschicht, die jedes Jahr neu auf die Aussenwände gekleistert wurde, gab es in diesen vergangenen 23 Jahren keine nennenswerten Erneuerungen. Es wurde erst dann repariert und geflickt, wenn es gar nicht mehr anders ging.

Die Zimmer machen dementsprechend einen ziemlich abgewohnten Eindruck und auch die Badezimmer und Flure sehen arg mitgenommen aus. Eine Rezeption im herkömmlichen Sinne gibt es keine. Es existiert lediglich ein Durchgang, der vom Garten zum Korridor und von dort zur Rückseite des Hauses führt. In diesem Durchgang stehen ein antiquiertes und verstaubtes Sofa, sowie ein Bücherregal. Dieser Ort diente bisher als Aufenthaltsraum und Lesezimmer. Alles sehr spartanisch und zweckmässig.

Auch die „Hoteleinfahrt" ist recht beschwerlich und dürfte eigentlich nicht so genannt werden. Sie führt von einer etwa 200 Meter entfernten Strasse über ein Nachbargrundstück, danach leicht ansteigend quer durch den Hotelgarten am Pool vorbei. Der gesamte Weg ist nur zu Fuss passierbar. Er ist zudem unbefestigt, steinig und vom Regen ausgespült. Für Gäste mit einer Gehbehinderung ist er somit absolut ungeeignet.

Den ersten Eindruck, den wir von dem ca. 6000 m2 grossen Gelände bekommen, ist der eines riesigen, verwilderten Schrebergartens. Hier hat wahrscheinlich seit Jahren kein Gärtner mehr Hand angelegt. Alles liegt in einem dichten grünen Dämmerschlaf. Man könnte fast glauben, dass hinter dem von Buschwerk versteckten Gemäuer Dornröschen in ihrem Bettchen liege und auf den erlösenden Kuss des Prinzen warte. Alles in allem ergibt die Kulisse, zumindest für einen Hotelgarten, ein etwas tristes Bild ab.

In diesem Garten stehen wir nun also an unserem ersten Arbeitstag im Februar 1992 und wissen nicht wo wir anfangen sollen. Also versuchen wir uns erst mal in diesem Wildnis zu orientieren

Sicht von der Strasse auf das Hotel Anfang 1992

.

Die einzige nicht zugewachsene Fläche bildet der 8 x 12 Meter grosse Swimmingpool zwischen Hotelgebäude und Restaurant. Der Pool, der diesen Namen eigentlich nicht mehr verdient hat, ist zu einer dunkelgrünen, von Algenwuchs befallenen Brake verkommen. Er hat sich seiner Umgebung so gut angepasst, als wolle er sich tarnen, als würde er sich schämen, Pool zu sein. Keine einzige blaue Kachel ist in dieser trüben Suppe mehr auszumachen. Kein freier Blick auf den Grund, dafür aber auf Myriaden wild zuckender Mückenlarven.

Ein hilfreicher Nachbar, der wohl eine sommerliche Mückeninvasion auf sein Haus befürchtet, gibt uns einen Tipp, wie man diesen Biestern den Garaus machen kann, bevor sie dem Wasser entfliegen und lästig werden.

„Ihr könnt entweder literweise „Agua Fuerte" in diese Gülle kippen, oder aber ein paar Goldfische aussetzen, denn Goldfische haben Mückenlarven zum fressen gern".

Da wir nicht wissen, wie wir die Goldfische nach getaner Arbeit wieder lebend aus dem Pool holen sollen, entscheiden wir uns für die Variante mit „Agua Fuerte". Denn wir wissen ja ebenso wenig ob, und wie lange die Goldfische in dieser Brühe überhaupt überleben würden.

„Agua Fuerte" heisst übersetzt „Starkes Wasser", hat jedoch mit Wasser einzig gemeinsam, dass beides flüssig ist. Es handelt sich dabei um nichts anderes als um hochkonzentrierte Chlorsäure. Ein verschütteter Tropfen auf den Sandstein am Poolrand beweist uns, wie stark seine Wirkung ist. Wir gucken ungläubig zu, wie sich die betroffene Stelle gelbschäumend auflöst und ein tiefes Loch hinterlässt. Nach dieser Lehrstunde in Chemie haben wir die Flasche nur noch mit Sicherheitshandschuhen und grossem Respekt in die Hände genommen. Dieses Gift vernichtet radikal alles, was mit ihm in Berührung kommt.

„Agua Fuerte" ist in Spanien der Universalreiniger schlechthin und fehlt deshalb in keinem Haushalt. „Agua Fuerte" gibt es ganz unkompliziert in jedem Supermarkt zu kaufen. Man findet es in handlichen Literflaschen im Regal bei den Putzmitteln, zwischen der WC-Ente und dem Meister Proper.

„Agua Fuerte" ist wahrlich ein Wundermittel wenn es darum geht, hartnäckigen Schmutz, egal welcher Art zu entfernen. Man kann damit wirklich alles was organisch ist, für immer verschwinden lassen. Beim Anblick dieses Loches im Sandstein denke ich gleich an die Worte unseres Apothekers, der uns versichert hat, dass man damit Problemlos Leichen in der Badewanne verschwinden lassen kann.

Wie auch immer, trotz der literweisen Verwendung des „Starken Wassers", gelingt es uns nicht, die Zahl der Mückenlarven wesentlich zu dezimieren. Und da wir sowieso nicht wissen, wo wir auf dem riesigen Grundstück mit Saubermachen anfangen sollen, entschliessen wir uns als erstes den Pool zu reinigen. Schon steht uns derselbe hilfreiche Nachbar wieder zur Seite und gibt uns erneut einen gutgemeinten Tipp:

„Macht es doch so, wie es viele Hoteliers und private Poolbesitzer tun. Behandelt das Wasser einfach mit Schock-Chlor."

Ergänzend fügt er noch hinzu: „Ihr braucht dazu das Wasser nämlich nicht abzulassen und spart somit einen Haufen Zeit und Geld."

Im Frühjahr vor Eröffnung der Badesaison, so erklärt er uns, werden dem fauligen und schmutzigen Poolwasser vom Vorjahr, diverse Chemikalien, wie Schockchlor, Anti-Algen und ph-Säure beigemischt. Danach muss man nur noch die Poolpumpe laufen lassen und nach zwei bis drei Tagen, wie durch ein Wunder, klärt sich das Wasser und erhält seine ursprüngliche blaue Farbe zurück.

Wir überlegen kurz wie viele Menschen sich im vergangenen Jahr wohl in diesem Pool vergnügt haben mögen und was für organische Rückstände sie dabei hinterlassen haben. Je mehr wir darüber nachdenken, desto unheimlicher wird uns diese dunkle Brühe. Es schüttelt uns und wir sind uns einig, dass wir in Zukunft weitere gut gemeinte Ratschläge des hilfreichen Nachbarn ignorieren werden.

Unseren Vorgängern müssen wir hoch anrechnen, dass sie jedes Jahr im Frühjahr eine Poolreinigungsfirma beauftragt haben, um das Becken gründlich zu reinigen und zu desinfizieren, bevor dann wieder frisches Wasser eingelassen wurde. Wir wollen diese Tradition weiterführen und kontaktieren sogleich diese Firma.

Der Poolprofi erklärt uns jedoch, dass wir zuerst das Wasser vollständig ablassen sollen und danach wieder anrufen könnten, um einen Termin zu vereinbaren. Vor Saisonbeginn hätten sie sehr viel zu tun und sie müssten dann schauen, ob sie uns noch irgendwie unterkriegen könnten. Seine Worte haben etwas beruhigendes, es gibt also noch jede Menge anderer Poolbesitzer, welche der Schock-Chlor Methode ebenfalls ablehnend und kritisch gegenüber stehen.

Frohen Mutes machen wir uns also ans Werk. Eine komplette Poolentleerung dauert etwa vier Tage. Nach zwei Tagen steht die Polizei im Garten und teilt uns mit, dass das ganze Abwasser die Strasse hinunter fliesse und dass sich Anwohner darüber beschwert hätten. Fast gleichzeitig mit der Polizei erscheint auch unser hilfreicher Nachbar, der die Polizei natürlich nicht gerufen hat, sondern beim Spaziergang mit dem Hund rein zufällig hier vorbei gekommen ist. Und wo er grad schon mal hier ist, informiert er uns und die Polizei darüber, dass unser Wasser den gesamten Kies auf seinem Zufahrtsweg weggespült habe und dass wir nach Möglichkeit den Kiesweg wieder so herrichten müssten, wie er vorher war.

Ziemlich verdutzt stehen wir nun da. Noch immer an schweizerische Verhältnisse gewohnt, haben wir geglaubt, dass das Poolwasser seinen natürlichen Weg durch die Kanalisation nehmen würde. Wir hatten keine Ahnung, dass der Ablauf in das undurchdringliche Dickicht an des Nachbars Grenze führt und dann von dort aus seinen weiteren Weg selber suchte. Wir werden darüber aufgeklärt, dass hier überhaupt keine Kanalisation existiert und auch keine Kläranlage. Weder für den Pool, noch für andere Abwässer.

Diese Belehrung konfrontiert uns sogleich mit einem weiteren Problem, mit welchem wir uns bis jetzt noch nicht befasst haben: Wenn es keine Kläranlagen gibt, wohin verschwinden dann eigentlich die gesamten Abwässer aus

Hotel und Restaurant? Wir wagen gar nicht erst zu fragen und hoffen, dass sie nicht auch des Nachbars Garten kreuzen. Mehr dazu, zu einem späteren Zeitpunkt.

Den Pool jedenfalls haben wir von da an ganz sanft in Etappen entleert. Und jetzt, wo das Becken leer ist, folgt zugleich der nächste Schreck. Es wird uns allmählich klar, warum das Wasser den ganzen Winter über im Pool blieb. Nachdem der Wasserdruck gewichen ist, lösen sich eine Kachel nach der anderen von den unterspülten Wänden und klatschen laut scheppernd zu Boden wo sie dann in tausend Teile zerspringen.

Die Poolreinigungsfirma erklärt uns, dass sie so nicht putzen könne, dass wir zuerst neue Fliessen anbringen müssten. Wir beauftragen also einen Fliesenleger mit den Reparaturarbeiten und als dieser sich den Pool anschaut sagt er, dass die Reparatur nur durchgeführt werden kann, wenn der Pool gereinigt ist. Uns scheint, es geht hier zu wie bei der staatlichen Verwaltung. Es reicht uns nun und wir beschliessen, den Pool selber zu reparieren und zu reinigen. Sonst wird der nie fertig.

Ein Hindernis folgt dem nächsten. Kein Tag vergeht, ohne irgendeinen dummen Zwischenfall.

Einmal reisst die beauftragte Gartenbaufirma mit ihrem Bagger die Hauptwasserleitung aus dem Boden, was dazu führt, dass es während des restlichen Tages im ganzen Quartier kein Wasser mehr gibt.

Ein andermal schlagen wir mit unseren Spitzhacken etliche im Boden verlegte Stromkabel entzwei und kurz darauf haben wir dann noch das Glück, dass ein Sturm das gesamte Stromnetz lahm legt. Und als ob das nicht genug wäre, lässt der Wind eine Pinie auf das Dach des Restaurants stürzen.

Aller Anfang ist schwer, so sagt man. Vor allem aber geht es ganz schön an die Nerven. Ein Fass ohne Boden. Wir können nicht einen Tag organisiert und konzentriert arbeiten, alles läuft chaotisch. Immer kommt uns etwas in die Quere, das noch dringender erledigt oder repariert werden muss als alles andere.

Wir fangen langsam an zu verzweifeln. Ein Zwischenfall führt jeweils gleich zu einem weiteren und dieser geht direkt über zum nächsten. Ein richtiger Domino-Effekt. Wir verlieren langsam die Freude, so haben wir uns das Paradies wirklich nicht vorgestellt.

Der Garten

Drei Monate hat es gedauert um den Garten aus seinem Winterschlaf zu erwecken und ihn wieder sichtbar zu machen. Obwohl wir ihm die Wildnis genommen haben, hat er von seinem Reiz nichts eingebüsst. Nebst altem Baum- und Palmenbestand blühen nun auch unzählige Oleander schneeweiss und lachsorange, zartrosa, oder auch karminrot. Bananenstauden stehen neben Feigenbäumen. Es gibt uralte Algarobos (Affenbrotbäume) zu bestaunen und noch ältere Steineichen. Pinien und Olivenbäume wohin das Auge auch reicht. Agaven, Stechpalmen, Fächerpalmen und Feigenkaktusse auf Schritt und Tritt. Auch der Wermutstrauch und ganze Aloe Kolonien fehlen nicht. Vieles kommt erst jetzt zum Vorschein, nachdem es vom Dickicht befreit wurde. Im Frühling erobern dann noch Wildblumen und Kräuter in den prallsten Farben die grünen Rasenflächen. Das gesamte Ca'n Pedrus Gelände ist nun einziger mediterraner Botanischer Garten.

Das ganze Jahr über, auch im Winter, wenn das Hotel geschlossen hat, besuchen unglaublich viele Menschen unseren Garten, um ihn zu bewundern. Und sie alle wollen nur das eine: Fotos von sich, mit ihm, und in ihm. Es sind Touristen, die in Zeitschriften über unseren Garten gelesen haben und nun auf Mallorca ihren Urlaub verbringen. Sie kommen Tag für Tag, spazieren durch den Garten, bleiben stehen, beobachten, staunen, lauschen nach den singenden Vögeln, welche es natürlich ebenfalls in Scharen in unseren Garten zieht. Es wird fotografiert, was die Kamera hergibt. Dieser Garten ist magisch und magnetisch.

Oft, wenn der Ansturm mal wieder zu gross war, haben wir daran gedacht, die Eingangstür zu schliessen, und Eintritt zu verlangen, auch aus Rücksicht auf unsere Hotelgäste, die hier ja eigentlich Ruhe suchen. Aber da ja jeder Besucher ein potenzieller zukünftiger Gast sein kann, muss man nun Mal Kompromisse eingehen und versuchen, es beiden Gruppen so gut wie möglich recht zu machen.

Eingang des Ca'n Pedrus Anfang 1992 .....

.... und 2001

Eröffnungstag

Samstagmorgen, 2. Mai 1992:
 Heute erwarten wir unsere allerersten Gäste. Wir sind ziemlich aufgeregt und nervös. Es regnet in Strömen und ein eisig kalter Sturm fegt über die Insel. Das Thermometer zeigt beharrlich 12 Grad und das Quecksilber bewegt sich keinen Millimeter. Im Radio hören wir, dass am Flughafen von Palma ein Verkehrschaos herrscht, da die Flugzeuge wegen der starken Winde Mühe haben zu starten und zu landen. Abreisende Passagiere kommen nicht weg und ankommende sitzen ebenfalls fest, denn Draussen drängeln die Busse, Taxis und Privatautos von allen Seiten. Jeder will so nahe wie möglich an einem der überdeckten Eingänge halten.

Auch unsere Gäste bleiben von diesem Durcheinander nicht verschont. Doch wer nun dachte, dass er es geschafft hat und relaxen kann, weil er nun endlich im richtigen Bus sitzt und auf dem Weg zum Hotel ist, der hat sich zu früh gefreut. Zumindest für unsere Gäste ist ein Ende der Strapazen noch nicht in Sicht. Cala Ratjada liegt im hintersten Winkel von Mallorca und ist somit letzte Station der Busse. Ein Dorf nach dem anderen und ein Hotel nach dem anderen werden angefahren. Das letzte Hotel an der letzten Station ist, ... das Ca'n Pedrus!

Und nun, am Ende einer zweistündigen Busreise quer über die Insel beginnt für unsere Gäste die letzte Etappe, der

Aufstieg zum Hoteleingang. Der heftige Regen hat den Kiesweg komplett weggespült und ein kleiner Bach bahnt sich an seiner Stelle einen Weg runter zur Strasse. Mein Bruder und ich stehen am Fenster unseres angenehm geheizten Büros und beobachten mit einem mulmigen Gefühl im Bauch, was da vom Weg herauf auf uns zukommt. Unsere ersten Gäste werden auf eine wirklich harte Probe gestellt. Sie schleppen sich mühsam mit schwerem Gepäck zum Eingang hoch. Ganz deutlich hören wir die eine oder andere Bronchie aus dem letzten Loch pfeifen. Es bleibt kein Haarschopf und kein Fuss trocken.

Erschöpft und durchnässt treten sie in die Rezeption. Wir überlegen, ob unsere ursprünglich geplante Begrüssung:

„HERZLICH WILLKOMMEN
IM HOTEL CA'N PEDRUS!"

noch angebracht ist, oder ob wir uns gleich für alles entschuldigen sollten. Aber was soll's. Es bringt ja nichts. Humor ist, wenn man trotzdem lacht.

Es wird einem ja nicht einfach gemacht im Leben. In den beiden Monaten vor der Eröffnung, also im März und im April hatten wir Traumwetter mit Temperaturen um die 25 Grad. Es gab genau das Wetter, wie man es sich im März oder April im Süden vorstellt. Und genau heute, pünktlich zu unserem ersten grossen Tag hat sich ein riesiges Tiefdruckgebiet mit einer hässlich grauen Wolkenmasse über das Mittelmeer gelegt.

Noch sind wir alle guter Dinge und nehmen das Wetter so wie es ist. Auf Mallorca gibt es ja höchstens einen bis zwei Tage Regen am Stück und danach scheint wieder für lange Zeit die Sonne. Ja, genau so stellt man es sich vor, so ist es im Süden.

Zehn Schweizer Ehepaare sind unsere ersten Gäste und somit ist unser 22 Zimmer Hotel fast zur Hälfte belegt. Eigentlich nicht schlecht für den Anfang. Einige der Kunden sind langjährige Stammgäste unserer Vorgänger und kennen sich im Ca'Pedrus bestens aus. Sie zeigen sich auch nicht überrascht über das Wetter oder über den beschwerlichen Weg zum Eingang. Andere sind zum ersten Mal in diesem Hotel, und ein paar von ihnen überhaupt zum ersten Mal auf Mallorca. Sie haben eine sogenannte Joker Reise beim Schweizer Reiseveranstalter *HOTELPLAN* gebucht.

Eine Joker Reise ist so etwas wie ein Überraschungsei, eine Art Wundertüte. Man bucht für wenig Geld eine Reise und kennt vorher lediglich die Destination, in unserem Falle also Mallorca. Am Ankunftsflughafen wird dem Gast dann von der Reiseleitung mitgeteilt, in welchem Hotel er untergebracht wird. Wer Glück hat, der landet im 5 Sterne Haus, unsere Gäste landeten im 1 Stern Hostal. Unsere neuen Gäste wussten also vorher nicht, was sie hier erwarten würde. Doch die stets um Aufklärung bemühten und äusserst redseligen Stammgäste stehen den Neuen gerne mit

Rat und Tat zur Seite. Als Insider wissen Sie auch bestens Bescheid über die Tücken und Macken unseres Hotels – und das viel besser als wir selber.

Max Frei, dem Direktor von Hotelplan auf den Balearen, haben wir es zu verdanken, dass wir zumindest in der Anfangszeit mit den von ihm koordinierten Joker Gästen wenigstens ein paar unserer Zimmer belegen können. Max hat uns in der Anfangszeit sehr viel geholfen. Er gab uns Tipps bezüglich unserer unzähligen Behördengänge und half uns auch bei scheinbar einfachen Dingen, wie dem Anmelden eines Telefonanschlusses, was damals in Spanien eine überaus komplizierte und langwierige Prozedur bedeuten konnte. Er ist ein grossartiger Mensch, ohne den wir weit weniger gut gestartet wären.

Unsere ersten Gäste sind also eingetroffen und gehen auf Ihre Zimmer. Die Stammgäste dürfen natürlich Ihre gewohnten Zimmer beziehen und die Joker-Gäste lassen wir frei auswählen. Nach einigem hin und her und rauf und runter sind nun alle untergebracht und damit beschäftigt, sich und Ihre Kleider so gut wie möglich trocken zu kriegen. Lange dauert es nicht und schon kommen die ersten Gäste wieder zurück an die Rezeption.

„Im Zimmer ist es so kalt und klamm, könnten sie nicht ein wenig die Heizung aufdrehen?"

Wir wussten schon vorher, dass diese Frage früher oder später auftreten könnte und haben deshalb eine plausible

Antwort vorbereitet.

„Leider ist es uns momentan nicht möglich, die Heizung einzuschalten".

„Die Heizung wurde eben erst neu eingebaut, aber der Brenner ist noch nicht eingetroffen. Lieferverzögerungen im Werk, leider."

Den wahren Grund haben wir unseren Gästen verschwiegen: Der Einbau der neuen Heizanlage ist so teuer gekommen, dass wir vorerst schlicht darauf verzichtet haben Heizöl einzukaufen. Zumal das Wetter im März und April ja so warm war und nun eigentlich der Sommer vor der Tür stehen müsste. Wir hätten ja nie gedacht, dass wir nun im Mai noch heizen müssten, hier im tiefen Süden? Der langen Ausrede kurzer Sinn; Wir hatten schlicht kein Geld mehr übrig für den Einkauf von Heizöl.

Da es ja vor unserer Zeit auch keine Heizung im Gebäude gab, machen wir es so, wie es vor unserer Zeit auch immer gemacht wurde. Wir verteilen warme Decken, welche reichlich vorhanden sind. Die Stammgäste haben sowieso nichts anderes erwartet und die Joker Gäste müssen sich damit abfinden. Natürlich sind nicht alle glücklich über diese Lösung.

„Entschuldigung, haben Sie vielleicht auch eine Wolldecke aus Naturwolle? Ich habe nämlich eine Allergie gegen künstliche Faserstoffe."

Bis zu diesem Zeitpunkt haben wir uns nie den Kopf darüber zerbrochen, ob unsere Wolldecken aus Wolle oder aus Acryl gewebt sind. Für uns war das bis dahin nie ein Problem. Und da sämtliche unsere Wolldecken gleicher Art sind, geht der Gast enttäuscht in sein Zimmer und lässt uns mit einem schlechten Gewissen zurück.

Während unsere Gedanken noch bei den Acryl Decken sind, bahnt sich schon das nächste Unheil an. Krach und Gepolter dringt vom Obergeschoss hinunter zu uns, gefolgt von einem hysterischer Schrei. Mein Bruder und ich sehen uns an und fragen uns was das wohl zu bedeuten hat. Schon kommt die Antwort die Treppe hinunter gelaufen. Die Dame aus 207 steht klatschnass vor uns. Das Wasser trieft nur so herunter an ihrem Kopf und an ihrer Kleidung.

„Was ist denn mit Ihnen passiert?"

Mit versteinertem Blick schaut sie uns an und ihre Lippen beginnen sich zu bewegen. Zuerst vor Kälte bibbernd und dann an uns gerichtete Worte fassend:

„Nachdem ich auf der Toilette sass habe ich die Spülung betätigt. Und wie ich also an der Kette ziehe stürzt die Wasserzisterne auf mich herab!"

„Was mach ich denn jetzt nur? Eben habe ich frische und trockene Kleidung angezogen und jetzt bin ich schon wieder nass. Mir reicht's. Ich will hier raus!"

Kling ziemlich unglaublich, was der Dame zugestossen ist. Wäre das die „Versteckte Kamera", so würden wir uns jetzt wahrscheinlich die Bäuche halten vor lauter lachen. Ist es aber nicht, und unser Gewissen wird von Mal zu Mal auf eine härtere Probe gestellt. Wird das jetzt ewig so weitergehen? Haben wir das wirklich verdient? Was haben wir den so schlimmes angestellt, dass das Schicksal es so schlecht mit uns meint? Natürlich versuchen wir die Dame so gut es geht zu beruhigen, aber helfen tut das nicht.

19.00 Uhr. Zeit für das Abendessen. Noch immer regnet es in Strömen. Wir bitten die Gäste ihre Tische im Restaurant einzunehmen. Dazu müssen sie sich leider ein weiteres Mal hinaus in den Regen begeben. Der Speisesaal liegt in einem separaten Gebäude etwa 30 Meter vom Hoteleingang entfernt. 30 Meter können eine sehr kurze Strecke sein - bei Sonnenschein. Bei heftigem Niederschlag und starken frontalen Sturmböen kann es jedoch auch unendlich lang werden.

Wie können wir unsere Gäste nun noch besänftigen? Sie haben ja keinen Abenteuerurlaub im Regenwald gebucht. Sie wollen doch einfach nur einen geruhsamen Badeurlaub am sonnigen und warmen Mittelmeer verbringen.

Wir denken, dass unsere letzte Chance noch darin liegt, die Gäste wenigstens mit einem guten Abendessen wohl zu gesinnen. Ein ganz besonderes und aussergewöhnlich feines Abendessen soll es für sie geben. Ein Essen, das unsere Gäste so schnell nicht vergessen werden. Das ihnen den Mumm wieder zurück in die kalten Knochen bringen soll - und auch die Seele zum Erwärmen bringt.

Als erster Gang wird eine dampfende aromatisch duftende vor allem jedoch eine heisse und wärmende Rinderbouillon mit Markeinlage serviert. Gleich danach den Salatteller mit hausgemachtem Dressing. Auf dieses folgt ein butterzartes und saftiges Beefsteak an einer raffinierten Pfeffersauce. Dazu eine Gemüseplatte, so schön arrangiert, dass sie aussieht wie die Gärten von Versailles. Zum Dessert gibt es verführerische Nachspeisen aus Eis, Torten und Früchten, alles kunstvoll drapiert mit Röschen und Schnörkeln aus Zuckerguss und Marzipan. Gott sei Dank ist mein Bruder ein erstklassiger Koch.

Schon bald merken wir, dass es gut kommt. Wir haben die Gäste wieder zurückgewonnen. Und als wir zum Abschluss Kaffee mit einem besonders gut eingeschenkten Brandy spendieren, bekommen auch die letzten bleichen Gesichter rote Bäckchen. Es wird geprostet und viel gelacht. Die Stimmung stimmt, alle sind entspannt und auch der letzte Schüttelfrost ist nun endgültig abgelegt. Wir danken dem lieben Gott mit einem kurzen Stossgebet gen Himmel.

Natürlich ist das fantastische Essen den ganzen Abend über Thema Nr.1 und Frau Messmer, Stammgast seit 22 Jahren, erzählt eine Anekdote darüber, was in der Vergangenheit im Ca'n Pedrus auf dem Menüplan stand und abends auf dem Tisch landete.

„Am Montag gab es Hähnchenbrust, am Dienstag gab es Hühnerbeine, am Mittwoch gab es halbe Hähnchen aus dem Ofen, am Donnerstag dann Riz Casimir, am Freitag Hühner Frikassee am Samstag Chicken Curry und am Sonntag Coqau-vin. Jeden Tag Hühnchen, Hühnchen und nochmals Hühnchen. Hühnchen bis zum abwinken. Kaum ein Gast wollte hier noch zu Abend essen."

Und Frau Vetter, die Freundin von Frau Messmer ergänzt schmunzelnd:

„Oft haben wir uns beim Abendessen aus Spass gegenseitig zu gegackert und Witze darüber gemacht, dass uns in den zwei Ferienwochen Flügel und Federn wachsen würden und wir am Ende gar kein Flugzeug mehr bräuchten, um nach Hause zu fliegen".

Dass der Abend noch so lustig werden würde, hätten wir nie gedacht. Frau Messmer und Frau Vetter sind zwei humorvolle Damen und haben fast das gesamte Abendprogramm alleine geschmissen. Plötzlich waren alle entspannt und locker, so richtig in Urlaubstimmung.
Genauso, wie es in den Ferien eigentlich auch sein sollte. Endlich!

Urlaub macht uns halt auch wirklich lockerer. Wir haben hier Menschen erlebt, die wir von zu Hause her als mürrische und unzufriedene Zeitgenossen in Erinnerung hatten. Gerne hätten wir auf deren Besuch verzichtet. Jedoch hier im Hotel haben wir sie kaum wieder erkannt. So fröhlich, lustig und entspannt waren sie.

Wir alle sind im Urlaub viel gelassener als zu Hause. Wir wissen, dass hier im Süden die Infrastruktur nicht so verlässlich ist, wie wir es von zu Hause her gewohnt sind.

So muss man ständig damit rechnen, dass man eingeseift unter der Dusche steht und plötzlich kein Tropfen Wasser mehr aus dem Hahn kommt. Man muss auch zu jeder Zeit darauf vorbereitet sein, dass man plötzlich im Dunkeln steht. Kerzen gehören hier in jedem Haushalt zur Grundausstattung.

Wasser und Strom, das sind die grössten Herausforderungen in Spanien. Die Geduld wird oft auf eine harte Probe gestellt. Wenn man ständig hier lebt, muss man lernen, die Dinge zu akzeptieren so wie sie sind und eines lernt man vor allem: Improvisieren. Und genau darin sind uns die Südeuropäer ein gutes Stück voraus. Zwei dieser aussergewöhnlichen Improvisationsgenies möchte ich auf den folgenden Seiten vorstellen.

Manolo und Pepe

Manolo, ist ein knorriges dürres altes Männlein, er ist unser Hotelgärtner und Haustechniker. Er arbeitet seit Anbeginn im Ca'n Pedrus und gehört zum Hotelinventar, genauso wie Rafael der Kellner und Avelino der Koch. Im Grunde genommen sind diese drei jedoch nicht einfach nur Gärtner, Kellner oder Koch. Sie sind, wie die meisten Spanier der älteren Generation, wahre Meister der Improvisation. Es ist beeindruckend, ihnen bei ihrer Arbeit zuzuschauen und zu beobachten, wie sie die Probleme angehen und sie lösen.
Man kann viel von ihnen lernen, denn sie finden für praktisch jedes Problem eine Lösung, mit minimalen

Hilfsmitteln auf unkonventionelle und oft auch haarsträubende Art und Weise.

Im Hauptgebäude, direkt unter der Treppe befindet sich eine kleine Abstellkammer, die man nur gebückt betreten kann. Es lagern dort Kisten, die voll sind mit altem und ausgedientem Elektroschrott. Alte meterlange Kabelstränge und noch ältere Wandsteckdosen liegen dort neben Porzellansicherungen die aus einer längst vergangenen Epoche stammen.

Hier lagert Manolo alles ein, was er irgendwo einmal abgeschraubt hat. Es sind Gegenstände die eigentlich niemand mehr braucht. Wir wollten sie schon lange wegwerfen, dürfen aber nicht. Diese Abstellkammer ist Manolo's Fundgrube und die Kisten voller Schrott sind seine Schatztruhen. Diese Kammer ist sein Reich und es kommen laufend neue Teile hinzu. Manolo wirft generell überhaupt nichts weg. Das Wort Abfall existiert für ihn nicht. Alles kann irgendwann auf irgendeine Weise wieder verwendet werden. Recycling ist keine Erfindung aus unserer Neuzeit, denn Recycling gab es schon immer und Manolo ist ein wahrer Meister darin.

Manolo verbringt oft viel Zeit in seiner Abstellkammer. Kniend und in völliger Dunkelheit kramt er dann in seinen Kisten herum. Heute suche er ein ganz bestimmtes Teil einer alten Funzel erklärt er mir. Er ist sich ganz sicher, dass es noch irgendwo liegt.

In dieser Kammer gibt es kein Licht und auch keinen Stromanschluss, weshalb ich ihm eine Taschenlampe im

Büro holen gehe. Als ich zurückkehre hat er sich jedoch bereits seine eigene Beleuchtung installiert. Er hat dazu ein altes ausgedientes Kabel verwendet. Die freigelegten Kabelenden stecken in einer nahen Steckdose aus welcher es nur so zischt und funkt. Das andere Kabelende steckt ebenfalls ungesichert in einer der antiken Fassungen und damit leuchtet er seine Kammer aus. Er erklärt mir, dass dies sein Verlängerungskabel sei und er es stets bei seiner Arbeit benutze. Von der Kabelrolle, die wir ihm einst gekauft hatten will er nichts wissen und es braucht viel Überzeugungsarbeit um ihm klar zu machen, dass dies nur der Sicherheit diene.

Nebst seiner Dunkelkammer hat Manolo auch noch einen kleinen Schuppen, in welchem uraltes Gartengerät lagert. Wir haben uns gefragt, wie der arme Kerl mit diesem Werkzeug überhaupt arbeiten konnte. Eines dieser Museumsstücke ist eine kleine Sichel, die aussieht wie ein Relikt aus der Pharaonenzeit. Das Metall ist rostig und stumpf und den Griff musste Manolo sich selbst aus einem Stück Holz schnitzen. Ärmlicher geht es kaum mehr, aber Manolo will auf all diese Gerätschaften nicht verzichten.

Das zweite Improvisationstalent ist Pepe. Pepe rufen wir immer dann, wenn wir Probleme mit dem Stromnetz haben. Diese Probleme verursachen wir meist selbst, nämlich im Frühling, wenn wir den Garten für die angehende Saison herrichten. Beim auflockern und umspaten des Bodens passiert es regelmässig, dass wir mit der Spitzhacke in eines der dicht an der Oberfläche verlaufenden Stromkabel reinhauen.

Die Stromkabel wurden früher ohne einen Schutzkanal nur wenige Zentimeter tief im Boden verlegt und haben so in den vielen Jahren immer wieder Hackenschläge abbekommen. An unzähligen Stellen sind die Kabel mit Plastikband wieder notdürftig zusammengeflickt worden. Jeweils im Frühling und im Herbst, wenn es sehr viel regnet und der Boden nach tagelangem Niederschlag komplett aufgeweicht ist, dann werden wir wieder an dieses Problem erinnert.

Meist passiert es während des Abendessens. Dann gehen in Restaurant, Küche und Zimmern die Lichter aus. Das unfreiwillige Dinner bei Kerzenlicht hat im Ca'n Pedrus während der Regenzeit fast schon Tradition. Hinzu kommt, dass auch in der Küche nur noch bei flackerndem Kerzenlicht gearbeitet werden kann und das verlangt dem Koch doch einiges ab.

In solchen Situationen kann dann nur noch einer helfen. Pepe, der Elektriker aus dem Dorf. Er kennt diese Probleme und er weiss auch wie man sie löst. Am Ende des Gebäudes liegt der Elektroraum. Von der Strasse her führt das dicke Hauptstromkabel dort hinein und hier befinden sich alle Sicherungen des Hauses.

Pepe macht nun etwas ziemlich unkonventionelles: Er demontiert die Hauptsicherung des eingehenden Starkstromkabels und setzt dort einem nageldicken Kupferdraht ein. Überbrücken nennt man das und wie jedermann weiss, sollte man das nicht tun. Aber für uns ist es die einzige Möglichkeit, die kommenden Tage überhaupt wieder mit Strom versorgt zu sein. Der Kupferdraht muss so lange durchhalten, bis der Boden und die Stromkabel getrocknet sind.

Bei solch risikoreichen Unterfangen muss unbedingt ein wenig Glück mitspielen. Hut ab vor Pepe! Wo findet man heutzutage noch derart mutige Elektriker, die solch eine haarsträubende Installation vornehmen? Ausserdem hat sie einen unangenehmen Nebeneffekt vor dem uns Pepe warnt. Er demonstriert diesen Nebeneffekt mit seinem Volt-Messgerät in dem er die beiden Stifte des Gerätes an verschiedenen Stellen im Garten einfach in die Erde steckt. Die Anzeigenadel schlägt jedes Mal weit aus. „Das gesamte Gartengelände steht nun unter Strom" erklärt er und fügt mit einem Lächeln hinzu: „Das nennt man Erdung."

Auch wenn der Strom zu schwach ist um einem beim Betreten aus den Socken zu hauen, bleibt trotzdem ein ungutes Gefühl zurück. Und wie ist wohl den kleinen feuchten Regenwürmern in ihren unterirdischen Gängen zumute? Für die muss sich das anfühlen wie ein Ritt auf dem elektrischen Stuhl. Die werden bestimmt regelrecht grilliert dort unten.

Eines wissen wir jedenfalls jetzt schon: es wird wieder ein teures Jahr für uns werden. Sämtliche Kabel auf dem Areal müssen durch neue ersetzt werden und in sichere Kanäle tiefer in der Erde verlegt.

Ein Freund von uns aus der Schweiz ist Elektriker. Als wir ihm diese Geschichte erzählen, will er sie kaum glauben. In der Schweiz, so sagt er, würde ein Elektriker, der sich auf so etwas einlässt, seine Lizenz wohl für immer los sein. Das hier ist aber nicht die Schweiz, das hier ist Spanien. Und hier wird noch improvisiert wie zu Grossvaters Zeiten. Zum Glück gibt es sie noch, diese mutigen und robusten Handwerker, die, wenn es darauf ankommt, auch einmal unkonventionelle Lösungen anbieten.

Auch wenn die angewandten Methoden manchmal etwas seltsam erscheinen mögen, Menschen wie Manolo und Pepe sind auf jeden Fall eine Bereicherung für unser Technik verrücktes Zeitalter.

Gute Nacht Geschichte

Ein neues Haus, das muss jetzt her
Das alte macht das Leben schwer
Frag nie den Gast, ob wohl geruht
Ich kenn die Antwort nur zu gut:

„Die Heizung surrt, die Spülung rattert
Die Wasserleitung lautstark knattert
Es ist so hellhörig, ich schwöre
Dass ich meinen Nachbarn störe
Jedes Hüsteln, Schnarchen, im Bett umdrehn'
Sogar die WC Spülung kann er hörn'!"

Bei starkem Sturm man schlaflos nächtigt
Weil Tür und Fenster klappern mächtig
Das Dach kaputt, es regnet rein
Im Bett wie auch am Tisch beim Wein

In lauen Sommernächten herrscht besonderer Verkehr
Kleinste Krabbeltiere kommen von überall daher
Quer durchs Haus verläuft die Spur
Millionen von Ameisen ziehn durch den Flur
Dazu die Mücken, man sieht rot
Und an den Wänden klebt der Tod

Und wenn ein Blitz erhellt die Nacht
Dann weißt Du schon bevor es kracht
Die Beleuchtung verliert ihren Effekt
Auch TV und Telefon sind jetzt defekt

So kann es nun nicht weitergehen
Ansonsten wir kein Gast mehr sehen.
Und dann: „Gute Nacht"

Dieses Gedicht habe ich im April 1999 nach einer stürmischen und sehr unruhigen Nacht verfasst.

KAPITEL 2

MENSCHEN IM HOTEL

In so einem kleinen und persönlich geführten Hotel lernt man sehr viele interessante Menschen kennen. Bei uns verbrachten schon Politiker aus Brüssel und aus Deutschland ihre Ferien. Wir hatten auch Banker oder Rechtsanwälte im Haus. Meistens jedoch sind es ganz anständige und normale Menschen mit ehrbaren und produktiven Berufen. Es ist eine Mischung, ganz wie im richtigen Leben.

Anders als im richtigen Leben begegnen sich hier die Menschen aber auf Augenhöhe. Jeder unterhält sich mit jedem. Der Arzt sitzt zusammen mit dem Maurer an der Bar. Sie trinken Bier und reden dabei weniger über Rückenleiden oder die schönsten Wandabriebe, sondern mehr über lustige Urlaubserlebnisse. In den Ferien sind die meisten Menschen einfach nur Urlauber. Sommergäste in einem Hotel sind die einzige wahrhaft klassenlose Gesellschaft. In der Badehose, da sind alle gleich.

Kaum ist die Alltagskleidung mitsamt ihrem ganzen Gewohnheitsmief weggelegt, sind viele Menschen wie ausgewechselt. Griesgrämige und Unzufriedene sind plötzlich aufgestellt und fröhlich. Aus sonst ruhigen und zurückhaltenden Menschen sprudelt mit einem Mal das Leben.

Auch in unserem kleinen Hotel wird es nie langweilig und wir erleben immer wieder lustiges und seltsames.

Da ist zum Beispiel der Typ, der mitten im Juli seine Ferien im Süden verbringt, obwohl er, wie er immer wieder betont, die Hitze nicht verträgt und dazu noch eine ziemlich unangenehme Sonnenallergie mit sich herumschleppt. Was macht der hier im Juli, fragt man sich? Die Tage verbringt er in seinem abgedunkelten Zimmer. Mittags nimmt er im Speisesaal etwas Kleines zu sich, immer darauf bedacht, die direkte Sonne zu vermeiden. Die ganze Zeit über trägt er eine schwarze speckige Lederjacke, als wäre ihm kalt. Nach 22.00 Uhr, wenn es dunkel wird, verlässt er das Hotel und zieht los, hinunter in den Ort. Wie ein Vampir, richtig unheimlich der Typ.

Wenn ich mir diesen Mann betrachte, dann denke ich, dass sogar Langweiler nicht wirklich langweilige Menschen sind. Eigentlich gibt es gar keine langweiligen Menschen. Jeder von uns trägt seine ganz eigene kleine Geschichte mit sich herum.

Durch den ständigen Kontakt zu unseren Gästen und Angestellten, geraten wir immer wieder in eine dieser wunderbaren Geschichten. Es sind oft lustige Geschichten, und manchmal auch traurige oder tragische. Einige geben zu Denken und andere sind ein Ärgernis. Die ganze Palette wird geboten, von der Komödie über die Tragödie bis hin zum veritablen Kriminalfall.

In der ersten Geschichte geht es um …

Ana und die Geister

Ana ist eine unserer langjährigen Mitarbeiterinnen und für die Reinigung der Zimmer zuständig. Sie wird wegen ihrer sympathischen und liebenswerten Art von allen Gästen sehr geschätzt. Sie ist die Ruhe in Person. Egal wie hektisch es auch zugeht, Ana bleibt immer gelassen. Sie stammt aus Córdoba, hat jedoch so gar nichts gemein mit den heissblütigen Andalusiern.

Nichts kann sie aus der Bahn werfen, ausser vielleicht ein paar Geister, die ihr dann und wann auflauern. Ana ist sehr empfänglich für spirituelle Nachrichten. Zum Beispiel hatte ihr eine Wahrsagerin vorausgesagt, dass sie bei uns arbeiten werde und das ein halbes Jahr bevor es tatsächlich eintraf. Damals wussten noch nicht einmal wir, dass sie eines Tages bei uns arbeiten würde.

Oft kommt sie morgens zur Arbeit und erzählt uns von den neuesten unheimlichen Vorkommnissen, die sich während Nacht zu Hause zugetragen hatten. Da stehen plötzlich Stühle nicht mehr dort, wo sie vorher standen. Der Fernseher beginnt mitten in der Nacht zu laufen, das Telefon klingelt, obwohl es nicht angeschlossen ist. Der Hund heult draussen vor verschlossener Tür, dabei lag er eben noch ganz friedlich in seinem Körbchen im Wohnzimmer. Bei ihr zu Hause geht es zu wie im „Poltergeist" Film. Richtig unheimlich.

Ihre Geschichten sind immer spannend und amüsant. Man kann Ana vielleicht als ein wenig naiv bezeichnen und manchmal scheint sie auch ein bisschen geistesabwesend zu sein. Aber vielleicht erlebt sie gerade deshalb immer wieder solch seltsame Dinge, für die andere nicht empfänglich sind.

Neulich zum Beispiel, erzählt sie uns, war sie zusammen mit Marisol, ihrer Freundin, auf dem Rückweg aus Palma. In Artà wollte sie in einer Bäckerei noch schnell ein Brot kaufen. Marisol hielt mit ihrem Auto direkt vor dem Eingang und liess Ana aussteigen. Während Ana im Geschäft einkaufte, stoppte ein weiteres Auto vor dem Laden. Um diesem Fahrzeug ein wenig Platz zu machen, fuhr Marisol ihren Wagen ein paar Meter vorwärts. Ein älterer Herr wartete wie Marisol im Auto, während dessen Frau ausstieg und ebenfalls den Laden betrat.

Kurz darauf kam Ana wieder aus der Bäckerei und setzte sich ins Auto zu dem älteren Herrn. Marisol beobachtete durch den Rückspiegel, wie Ana sich angurtete und darauf wartete, dass sie losfuhren. Marisol gab ihr durch die Heckscheibe Zeichen um auf sich aufmerksam zu machen. Derweil musterte der ältere Herr Ana ungläubig und ratlos. Vielleicht dachte er darüber nach, wie sich seine Frau doch verändert hat in dieser kurzen Zeit im Bäckerladen.

Erst als die Frau zum Auto zurückkehrte und Ana fragte, was sie hier mache, bemerkte auch Ana ihren Irrtum. Sie entschuldigte sich bei den beiden und stieg um zu Marisol.

Ohne Kommentar, als wäre nichts geschehen nahm sie auf dem Beifahrersitz Platz und wartete darauf, dass es losgeht. Und als Marisol nachfragte, was denn das eben sollte, gab ihr Ana zur Antwort: „Weisst Du, das andere Auto war halt auch weiss wie Deines."

Während Ana uns das erzählt, scheint ihr diese Angelegenheit nicht sonderlich peinlich zu sein. Sie erklärt uns ganz sachlich, dass ihr solche Dinge ständig passieren, weil sie halt manchmal ein wenig zerstreut sei.

Als Beweis gibt sie gleich noch eine solche Geschichte zum Besten.

„Gestern Abend zum Beispiel", beginnt sie zu erzählen, „da ging ich schnell noch mit meinem Hund raus."

„Meine Susa ist schon ein bisschen älter und manchmal ist es ziemlich mühsam mit ihr. Alle paar Meter bleibt sie stehen um an irgendetwas zu schnüffeln."

„Ich hatte aber wenig Zeit, weil ich noch die Wäsche bügeln musste. Deshalb wollte ich schnell wieder nach Hause zurück."

„Ich sagte also ein wenig genervt zu Susa, „Komm jetzt Susa!" und zog etwas energischer als sonst an der Leine."

„An der nächsten Strassenkreuzung kam mir ein Mann entgegen und guckte mich ganz blöde an."

„Ich dachte, was starrt der mich denn die ganze Zeit so komisch an und ging einfach weiter, ohne auf ihn zu achten, spürte jedoch, dass er mir noch immer hinterher schaute."

„Was will der nur von mir, dachte ich."

„Aber egal, ich war ja eh schon zu Hause angekommen

und ich brauchte mich somit nicht zu beunruhigen."

„Während ich den Hausschlüssel in meiner Tasche suchte, stellte ich fest, dass an der Leine nur das leere Halsband hing. Von Susa war keine Spur."

„Es war mir gar nicht aufgefallen, dass sich Susa losgemacht hatte und ich die ganze Zeit das leere Halsband hinter mir her zog."

„Solche Dinge passieren mir oft, aber ich kann nichts dafür, das habe ich von meiner Mutter geerbt."

Vielleicht ist das der Grund, weshalb Ana ständig ein Amulett um den Hals trägt. Es soll sie schützen, gegen all die vielen Widrigkeiten die das Leben einem in den Weg stellt. Aber vor allem soll es sie gegen etwas ganz bestimmtes in Schutz nehmen. Das Schlimmste was einem überhaupt wiederfahren kann. Gegen den bösen Blick!

Antonia, unsere Kellnerin und Anna, unsere Köchin, beide ebenfalls Andalusierinnen, tragen auch so eine Kette. Sie erklären uns, dass in Andalusien fast jeder ein solches Amulett um den Hals trägt. In Andalusien werden Geistern und Hexen auch heute noch sehr viel Respekt entgegen gebracht. Ihren Einfluss, den sie auf die Leute ausüben darf man nicht unterschätzen. Die Menschen betreiben diesen Glauben mit einer solchen Ernsthaftigkeit, dass man sich gar nicht traut Scherze darüber zu machen. Für viele Menschen in Andalusien gehören die Geister zum ganz normalen Alltag. Unheimliche und unerklärliche Vorkommnisse sind deren Begleiterscheinung.

Ich will von Ana wissen, was denn dieser böse Blick genau ist und wie das Amulett die Menschen schützen kann. Sie versucht, es mir einigermassen verständlich zu erklären, was jedoch auch für sie nicht ganz einfach ist:

„Du spürst ihn sofort, wenn er dich trifft."

Das Amulett, erklärt sie, legt sich wie ein Schutzschild um den Körper herum und verhindert so, dass das Böse in unseren Körper und in die Seele eindringen kann. Unsere Augen sind der schwache Punkt am Körper und deshalb sucht das Böse seinen Weg zur Seele bevorzugt über das ungeschützte Auge.

„Und wenn dich der böse Blick einer verlorenen Seele trifft, dann zerbricht das Amulett in zwei Teile. Der Schutz besteht also nur ein einziges Mal und danach verliert das Amulett seine Wirkung."

Ana, Antonia und Anna, sie alle drei schwören hoch und heilig, dass sie das schon einmal erlebt haben und als ob diese Geschichte eine Bestätigung brauche, kommt es einige Tage später zu folgendem unheimlichen Vorfall:

Die Hexe

Es geschieht an einem ganz normalen, ruhigen Oktobermorgen, als Ana völlig aufgelöst ins Büro stürzt und sich auf einen Stuhl setzt.

„Ich habe Angst." sagt sie.

„Wovor?"

„In Zimmer 204 wohnt eine Hexe!"

„Ana, was erzählst Du da. Hast Du gestern Nacht wieder einen Deiner Horrorfilme angeguckt?"

„Nein, nein, ich schwöre es! In Zimmer 204 wohnt wirklich eine Hexe. Komm mit und sieh es Dir an, ich trau mich da nicht mehr alleine rein!"

Das Hotel ist zu dieser Tageszeit wie ausgestorben. Die Gäste sind entweder mit ihren Mietautos unterwegs, oder schlendern unten im Dorf durch die Geschäfte. Es ist Herbst und draussen kündigt starker Wind einen heraufziehenden Sturm an.

Bedrohlich schwarze Wolken ziehen von Westen her auf und schieben sich vor die Sonne. Im Hotel wird es schlagartig dunkel. Die Pinien biegen sich und ächzen schwerfällig unter dem Druck des Windes. Die Äste stossen und kratzen wie Klauen über die Fenster in den Rundbögen und erzeugen zusammen mit dem pfeifenden Wind schauerliche Geräusche. Es ist die perfekte Kulisse für eine Geisterschichte und für das, was uns jetzt gleich beim Betreten des Zimmers 204 erwarten wird.

Wir begeben uns also in die obere Etage. Ich öffne die Tür und gehe voraus. Die Vorhänge an den Fenstern sind zugezogen, so dass kein Licht von draussen eindringen kann. Ich schalte die Deckenleuchte ein und sehe mich um. Das gesamte Zimmer ist übersät mit Teelichtern. Auf Bett, Tisch, Stuhl, Kommode, Schrank, Boden, überall liegen die

Kerzen. Ich zähle sie nicht, aber es müssen geschätzte 100 Stück sein. Man kann sich kaum bewegen. Im Raum riecht es nach indischen Räucherstäbchen.

Als nächstes fällt mein Blick auf einen selbstgemachten Kranz aus Pinienzweigen und getrockneten Blumen. In diesem Kranz liegen mehrere schwarze Steine welche zu Symbolen angeordnet sind. An Tür, Schrank und Wänden kleben mehrere Papierseiten, beschrieben mit fremdartigen Zeichen. Es sind allesamt Zeichen, die mir nicht bekannt sind.

Der Spiegel wurde abgehängt und steht mit der Spiegelfläche zur Wand. Fernseher und Badezimmerspiegel sind mit Tüchern abgedeckt.

„Siehst Du das? Das ist ein typisches Zeichen. Das machen nur Hexen. Sie decken alles zu was spiegelt, damit sie sich selbst nicht sehen können."

Die ganze Szenerie wirkt tatsächlich ein wenig befremdlich und erinnert an die Ausstattung in einem okkulten Film. Ich stehe zum ersten Mal in solch einem eigenartigen Raum und fühle mich ein wenig unwohl dabei.

Während wir so da stehen und uns noch immer Gedanken über diese merkwürdige Kulisse machen, hämmert mit einem mal ein ohrenbetäubender Lärm durch das Zimmer. Reflexartig drehen wir uns zum Eingang. Ein Windstoss hat die Zimmertür zugeknallt und vor uns steht eine dunkel gekleidete Gestalt mit wehendem Haar. Im fahlen Lichtschein sind nur ihre Umrisse zu erkennen. Ist das ein Geist?

Ein riesiger Schreck fährt uns in die Knochen und eine Eiseskälte den Rücken hinab.

Vor uns steht die Hexe. Wie aus dem Nichts, plötzlich und lautlos ist sie erschienen. Ana fängt an zu japsen und wird hysterisch. Wir stehen beide da wie erstarrte Salzsäulen und schauen auf die Frau. Meine Gedanken jagen wie Blitze durch den Kopf. Ich frage mich, was jetzt wohl gleich als nächstes passieren wird.

Wird sie uns in weisse Mäuse verwandeln und sich selbst in eine hungrige Katze? Oder macht sie uns zu Wiener Würstchen, schmiert Senf über unsere Köpfe und beisst dieselben lustvoll ab? Oder wird sie uns vielleicht mit einem Fluch belegen, so dass wir für den Rest unseres Lebens mit spitzen Schweineohren herumlaufen müssen?

Bitte, lieber Gott, lass es endlich irgendetwas geschehen, dann haben wir es hinter uns.

„Entschuldigung", haucht die Hexe, leise und schüchtern.

„Ich wollte Sie nicht erschrecken. Aber als ich reinkam da hat der Wind im selben Moment die Türe hinter mir zugeschlagen."

Noch immer stehen wir da, unfähig uns zu bewegen. Nur langsam beruhigen wir uns und ich brauch noch etwas Zeit, bis ich wieder ansprechbar bin.

Nachdem uns klar geworden ist, dass wir ausser Gefahr sind und dass wir nun doch nicht gefressen werden, müssen wir lachen. Wenn auch noch immer leicht hysterisch. Um die unangenehme Situation und meinen Aufenthalt in ihrem

Zimmer zu erklären, erzähle ich der vermeintlichen Hexe, dass ich dabei bin, die Heizungen in den Zimmern zu überprüfen und zu entlüften.

Wir unterhalten uns daraufhin noch ein wenig und ich stelle fest, dass die junge Frau aus Zimmer 204 eine sehr angenehme und nette Person ist. Falls sie tatsächlich eine Hexe sein sollte, dann bestimmt keine böse. Sie kann nur eine der guten Hexen sein, da bin ich mir sicher. Nach ihrem Geheimnis, weshalb sie sämtliche Spiegel abdeckt und das Zimmer mit fremden Symbolen vollklebt, danach habe ich nicht gefragt.

Ana ist aber nach wie vor davon überzeugt, dass es sich dabei um ein Hexenritual handelt um böse Geister fernzuhalten. Wie auch immer, was soll's? Sie hat sicher ihre Gründe, warum sie das tut.

Nun aber zu einer ganz anderen Geschichte, in der es zwar weniger mysteriös, dafür aber umso handfester und robuster zugeht.

Das panierte Schnitzel

Der Sommer hat an diesem heutigen unbarmherzig heissen August Nachmittag seinen Höhepunkt erreicht. Die Hitze ist unerträglich, das Thermometer im Büro zeigt 36 Grad und die Feuchtigkeit ist kaum auszuhalten. Der Ventilator an der Decke wirbelt die heiss schwüle Luft träge durch den Raum.

Es macht ganz den Anschein, als ob auch er Mühe mit der Hitze hätte.

Es ist 14.00 Uhr, Siesta Zeit und bis auf ein paar wenige Gäste, die am Pool unter den Schirmen vor sich hin dämmern, ist keine Menschenseele im Haus. Es ist einer dieser Nachmittage, die extrem ruhig sind und wahnsinnig schläfrig machen. Die Ruhe wird einzig unterbrochen vom monotonen Liebesgesang der Zikaden, hoch oben in den Pinien.

Ich sitze die Zeit im Büro einfach ab und habe keine Lust zu gar nichts. Wie im Delirium döse ich vor mich hin und erwische mich immer wieder dabei, wie mir die Augendeckel runterklappen. Ich bin einfach nur froh, wenn der Abend und mit ihm der Feierabend endlich kommt.

Ein lautes Motorengeräusch auf der Strasse rüttelt mich plötzlich aus meiner Schläfrigkeit hoch. Vom Büro aus schaue ich durch die offene Tür hinaus zum Parkplatz. Dort hält ein schweres Motorrad und ihm entsteigt ein Mann in schwarzem Leder Overall.

Der Ledermann kommt zu mir an die Rezeption und fragt nach einem Zimmer. Er brauche es jedoch nur für etwa zwei Stunden, ob das wohl möglich sei. Er will auch den vollen Preis dafür bezahlen. Da er das Zimmer nur für zwei Stunden benötigt, nehme ich an, dass er sich ein wenig ausruhen und duschen möchte. Fairerweise mache ich ihm einen Spezialpreis. Er bedankt sich, bezahlt sofort und begibt sich auf sein Zimmer.

Ich setze mich auf meinen Stuhl und dämmere weiter vor mich hin. Zehn Minuten später werde ich ein weiteres Mal gestört. Ein mir unbekanntes Auto fährt auf den Parkplatz. Eine sehr gut aussehende und sehr elegante Dame steigt aus und steuert auf den Eingang zu. Sie nimmt jedoch nicht den Weg zur Rezeption, sondern geht direkt den Flur entlang in Richtung der Zimmer. Ich will ihr hinterher gehen und sie fragen, ob ich etwas helfen kann. Aber da ist sie schon im Zimmer des Motorradfahrers verschwunden.

Etwa zwei Stunden später verlassen beide das Zimmer und gehen an die Gartenbar. Dort bestellen sie Getränke, ein paar Tapas und verbringen so gemütlich noch eine weitere Stunde unter den Pinien am Pool. Danach verlassen sie das Hotel wieder. Beim Hinausgehen verabschieden sie sich von mir, besteigen ihre Fahrzeuge und fahren davon.

Ich schaue auf die Uhr, es ist gleich fünf und ich habe es bald geschafft. Langsam kommt wieder etwas Leben ins Hotel. Die ersten Gäste kehren von ihren Ausflügen heim und auch Elsy, eine gute Freundin und langjähriger Stammgast, kommt zurück aus dem Garten, wo sie den Nachmittag verbracht hat. Sie bleibt auf ein kurzes Schwätzchen an der Rezeption stehen:

„Mmh Du, ich freu mich ja so auf das Abendessen."

„Habe einen riesen Hunger heute und richtig Lust auf die Schnitzel. Da hatte Carlo am Nachmittag sicher viel Arbeit in der Küche."

„Ja stimmt", antworte ich abwesend, „ich freu mich auch sehr auf heute Abend".

Auch ich rapple mich endlich auf aus meinem Bürosessel und gehe runter in die Küche um nachzuschauen, was unser Koch so treibt.

„Hey Karli, wie geht's? Du hattest am Nachmittag ja ganz schön zu tun".

„Hmh, wieso meinst Du?" fragt er mich.

„Na du hast ja fast zwei Stunden lang nur Schnitzel geklopft."

„Schnitzel geklopft? – Heute Nachmittag?"

„Ich war den ganzen Nachmittag über unten am Meer und habe geangelt. Ich bin eben erst zurückgekommen."

„Erzähl doch keinen Unsinn. Du hast den ganzen Nachmittag über Schnitzel geklopft, ich hab's doch genau gehört und Elsy hat es auch gehört."

„Ich habe heute keine Schnitzel geklopft, weil es heute gar keine Schnitzel gibt, sondern Gulasch. Du bringst mich ja ganz durcheinander!"

Komisch, denke ich. War es denn wirklich so heiss heute, dass ich mir das nur eingebildet habe? Ja und was ist mit Elsy, die hat es doch auch gehört? Wer sonst hat denn da Schnitzel geklopft, wenn nicht Karli? Christian hat heute seinen freien Tag, der kann's auch nicht gewesen sein.

Und mit einem Mal fällt es mir wie Schuppen von den Augen.

Natürlich!!! Wenn ich so darüber nachdenke über diese Klopf- und Klatschgeräusche, dann wird mir einiges klar. Das Zimmer 101 in welchem die beiden Fremden den Nachmittag verbracht haben grenzt direkt an die Küche.

Diese Schläge kamen aus deren Zimmer und tatsächlich hat das Klopfen von Schnitzeln denselben Klang wie das Schlagen eines Ledergürtels auf einen nackten Hintern.

Die schöne Señora hat den Motorradfahrer fast zwei Stunden lang windelweich geklopft. Der muss sich doch gefühlt haben wie? – ja eben, wie ein Schnitzel. Dem Ledermann jedoch haben diese Ledergürtellektionen so gut gefallen, dass die beiden noch mehrere Male während des Sommers ihre heimlichen Erziehungsnachmittage bei uns verbracht haben. Immer im Zimmer 101, gleich neben der Küche. Und wenn sich Gäste über die Klatschgeräusche erkundigten, erklärten wir, dass der Koch die Schnitzel für das Abendessen vorbereite.

Nicht nur diese beiden Akteure haben in unserem Hotel gewirkt. Wir hatten auch noch ganz andere …

Das Gaunerpärchen

In unserem ersten Jahr ist relativ wenig los im Hotel. Stammgäste gibt es so gut wie keine und neue Gäste finden sehr selten den Weg zu uns. Unser Hotel liegt ziemlich abgelegen am Ortsrand von Cala Ratjada und hierher verirrt sich selten mal ein Tourist.

Wir haben also immer freie Zimmer zur Verfügung und freuen uns über jeden zusätzlichen Gast. Auch über jenen, der sich eines Morgens telefonisch bei uns meldet. Er möchte wissen, ob er mit seiner Frau für einige Tage bei uns ein Zimmer haben könnte. Da wo sie jetzt wohnen gefalle es ihnen überhaupt nicht. Laut ist es dort und das Essen lausig dazu. Unser Hotel hätten sie während eines Spazierganges zufällig entdeckt und waren sofort angetan von dieser herrlichen Anlage und der ruhigen Atmosphäre.

Da wir, wie gesagt, immer freie Zimmer haben, bestätigen wir den beiden gerne ein Doppelzimmer.

Ob es denn möglich sei, fragt er, dass wir sie abholen könnten. Ein Taxi lohne sich nicht für diese kurze Strecke von ihrem momentanen Aufenthaltsort bis zu unserem Hotel. Seine Frau sei aber leicht gehbehindert und sehr schlecht zu Fuss, weshalb auch diese kurze Strecke zu viel für sie wäre.

Wir haben Zeit und holen die beiden gerne am ausgemachten Treffpunkt beim Son Moll Strand ab. Dort sitzen Sie an der Bushaltestelle mit ihren beiden Koffern. Es handelt sich um ein älteres Ehepaar, schätzungsweise Mitte Sechzig. Beide machen einen gepflegten und sympathischen Eindruck. Ich lade die Koffer ein und fahre die beiden zu unserem Hotel.

Auf Grund der Gehbehinderung bitten die beiden um ein Zimmer im Erdgeschoss. Das Treppensteigen wäre zu beschwerlich. Am liebsten hätten sie das Zimmer ganz hinten, am Ende des Flurs, weil es dort, weit ab von Rezeption und Restaurant bestimmt am ruhigsten sei.

Wir geben ihnen das Zimmer 111. Es ist eines der beliebtesten Zimmer, ruhig und mit eigenem Gärtchen. Für die Anmeldung benötigen wir die Pässe unserer Gäste. Leider können die beiden ihre Ausweise nicht vorlegen, sondern nur Kopien. Die beiden Pechvögel wurden vor drei Tagen ausgeraubt, mitten in Palma, und nun warten sie auf ihre Ersatzpapiere vom Konsulat.

Ihre Geschichte überrascht uns nicht. Leider kommt es sehr häufig vor, dass Touristen in der Altstadt von Palma Opfer von Diebstählen werden. Genauso wie der Mann uns die Vorgänge schildert haben wir es schon oft gehört oder darüber gelesen. Die Art, wie er den Ablauf des Diebstahls beschreibt erinnert dabei fast an eine Kriminalgeschichte. Er erzählt die Geschichte sehr ruhig und sachlich und scheint trotz der misslichen Umstände nicht erschüttert zu sein.

So wie er redet und sich ausdrückt muss er sehr gebildet sein, bestimmt ist er ein angenehmer und interessanter Gesprächspartner. Seine Frau ist im Gegensatz zu ihm eine ruhige, eher unscheinbare Person. Da sie nicht viel redet steht sie meist etwas unbeholfen neben ihrem Mann und klammert sich umso mehr an ihre Gehhilfe.

Mit dem Bezahlen, sagt der Mann, möchten sie es gerne so einrichten, dass sie Ende der Woche Zimmer und Konsumation in Restaurant und Bar alles auf einmal begleichen. Sie möchten Ende Woche dann auch entscheiden, ob sie bei uns verlängern, oder doch wie geplant, noch ein paar Tage in Palma verbringen werden.

Für uns ist das kein Problem, da wir auch sonst nie Vorkasse verlangen.

Die Tage vergehen und die beiden haben sich bei uns gut eingelebt. Sie verlassen das Hotelgelände so gut wie nie und sitzen meist in ihrem Gärtchen. Der Herr erzählt uns, dass es seiner Frau momentan gesundheitlich nicht sehr gut gehe und sie deshalb oft das Bett hüten müsse. Nur zu den Mahlzeiten lässt sie sich blicken und kehrt danach jeweils gleich wieder in ihr Zimmer zurück.

Ganz im Gegensatz zu ihrem Gatten. Dieser mag den Kontakt zu anderen Leuten sehr und sitzt deshalb jeden Abend gerne und lange an der Hotelbar und unterhält sich mit den anderen Gästen. Er ist sehr belesen und weiss über viele Dinge bestens Bescheid. Auch ist er viel gereist und kennt die Welt. Oft gibt er Anekdoten seiner Reisen in die USA und nach Südamerika zum Besten. Auch weiss er einiges über Afrika und Asien zu berichten. Er erzählt über seine Zeit als Soldat bei der Fremdenlegion in Nordafrika und über seinen Einsatz im Indochina Krieg. Seine Geschichten sind irrsinnig spannend und faszinierend.

Die Zeit vergeht schnell und schon ist eine Woche um. Wir stellen wie abgemacht, die Rechnung aus und übergeben diese unseren beiden Gästen aus Zimmer 111. Da der Mann Abends an der Bar immer ziemlich viel konsumiert hat und auch die Malzeiten immer recht üppig ausgefallen sind, hat sich auf der Wochenrechnung doch schon einiges angesammelt.

Der Herr erklärt uns, dass mit den Ausweisen natürlich auch das gesamte Geld gestohlen wurde. Ausserdem seien die Ersatzpapiere vom Konsulat noch nicht eingetroffen und ohne diese könnten sie auf der Bank kein Geld abheben. Das Konsulat habe ihm aber zugesichert, dass Mitte der kommenden Woche die Ausweise fertig sein würden. Er bittet uns um etwas Aufschub.

So langsam kommen uns seine Ausflüchte seltsam vor. Aber was bleibt uns anderes übrig, als abzuwarten und zu hoffen, dass wir unser Geld vielleicht doch noch sehen werden.

Mit jedem weiteren Tag der nun vergeht und an dem er uns mit immer neuen Ausreden hinhält, werden wir misstrauischer und wir behalten die beiden noch mehr im Auge als bisher schon. Mehr und mehr gelangen wir zu der Gewissheit, dass wir wahrscheinlich doch kein Geld von diesen Leuten sehen werden.

Wir sind nun nicht mehr so freundlich und stellen die beiden zur Rede, wir verlangen von ihnen wenigstens eine Teilzahlung der Rechnung, welche in der Zwischenzeit schon beträchtliche ist. Irgendetwas an Bargeld müssten sie doch haben, merken wir an. In Cash habe er nichts, versichert uns der Herr, aber Schecks hätte er noch. Er würde am Abend einen bringen und dann alles begleichen. Beleidigt verlässt er die Rezeption.

Schecks sind kein Bargeld und wir trauen den beiden nicht über den Weg. Vor dem Abendessen erscheinen sie an der Rezeption und legen uns einen ihrer Schecks hin, dem wir genauso wenig vertrauen wie den beiden. So langsam wird es eng für die zwei und sie beginnen das zu spüren. Die Polizei wollen wir noch nicht rufen. Vielleicht bilden wir uns ja alles nur ein und ihre Geschichte stimmt ja tatsächlich. Das wäre dann schon peinlich.

Während die beiden beim Essen sind, sehen wir uns ihr Zimmer genauer an. Vielleicht finden wir ja einen Hinweis, der uns weiterhilft. Und mit dem, was wir dort entdecken, haben wir nicht gerechnet: Das Zimmer ist komplett leer, als würde hier niemand wohnen. Das kann doch nicht sein. Wo haben die denn ihr ganzes Gepäck gelassen? Der Schrank ist leer geräumt, im Badezimmer steht auch nichts rum. Sehr seltsam! Wir sehen unter dem Bett nach, und sind sprachlos: Unter dem Bett liegen ihre beiden Koffer fein säuberlich gepackt, bereit für die Abreise.

Die wollen also tatsächlich abhauen und wie es den Anschein macht, bei Nacht und Nebel. Na dann wartet mal ab, mit uns habt ihr wohl nicht gerechnet. Wütend verlassen wir das Zimmer und nach einer kurzen Lagebesprechung entscheiden wir uns dafür, eine Nachtwache einzurichten. Den idealen Beobachtungsstandort haben wir auch schon ausgemacht. Eine kleine Baumgruppe mit hohen Büschen bietet beste Sicht, sowohl auf ihren Balkon, als auch auf den Eingang des Hotels. Die zwei können ihr Zimmer also unmöglich unbemerkt verlassen.

Wir beginnen also gleich damit, unser Nachtlager einzurichten. Die erste Wache übernimmt unser Cousin Roli. Spannende Stunden liegen vor uns. Was wird wohl passieren? Es ist wie früher, als man als Kind noch Räuber und Gendarm gespielt hat. Die Ungewissheit auf das was kommt ist aufregend.

Das Hotel liegt nach 22.00 Uhr in völliger Dunkelheit und bis auf den Schrei einer Eule und dem Gesang einer Nachtigall ist nichts zu hören. Auch im Zimmer 111 bleibt alles ruhig. Das Licht wird gegen 23.00 Uhr gelöscht und das fahle leuchten des Fernsehers flackert noch bis kurz nach Mitternacht. Danach wird es dunkel im Zimmer.

Die Nacht bleibt weitgehend Ereignislos und am nächsten Morgen treffen wir uns in der Küche auf einen Kaffee. Wir berichten uns gegenseitig, dass es nichts zu berichten gibt. Absolut ruhig und langweilig war es, das herumsitzen hatte sich also nicht gelohnt.

Und während wir nun so in der Küche stehen und plaudern, da geht uns allen gleichzeitig dieselbe Frage durch den Kopf: Wer, während wir drei hier herumstehen, ist nun hinten auf dem Beobachtungsposten und passt auf das Zimmer 111 auf? Natürlich niemand! Wie auf Kommando rennen wir los und sehen schon von weitem; Die Terrassentür von 111 steht weit offen.

Das darf doch nicht wahr sein. Die beiden sind weg. Während unserer Nachtwache hatten diese Ganoven uns ständig im Auge. Sie hatten den Braten gerochen und dann am Morgen genau den richtigen Zeitpunkt abgepasst um sich aus dem Staub zu machen. Mensch, was sind die clever und kaltschnäuzig. Und was sind wir so was von blöde. Die haben jetzt einen Vorsprung von mindestens 10 Minuten.

Ein Auto haben sie zum Glück keines, sie sind zu Fuss unterwegs. Es bleibt also ein Funken Hoffnung, dass wir sie doch noch erwischen. Wir eilen auf die Strasse und dort kommt uns der alte Pedro mit seiner Schafherde entgegen.

Wir fragen Pedro ob er vielleicht ein älteres Paar auf der Strasse gesehen habe, eine Frau an Krückstöcken und ein Mann mit Koffern.

Ja, sagt er, er habe zwei Leute gesehen. Sie sind die Strassen nach Capdepera hoch gelaufen. Es kam ihm schon sehr seltsam vor, dass die beiden so gerannt sind. Vor allem die Frau, sie hatte zwei Krückstöcke unter ihren Arm geklemmt und rannte wie verrückt. Ich dachte, dass sie wahrscheinlich noch den Bus nach Palma erwischen wollten.

Was sind wir doch für Deppen und was haben wir für eine stink Wut, hauptsächlich auf uns selbst. Wir sind sogleich mit dem Auto die ganze Gegend abgefahren, haben in anderen Hotels nachgefragt, haben unzählige Bus- und Taxifahrer befragt. Aber niemand hat die beiden gesehen. Sie sind spurlos verschwunden, wie vom Erdboden verschluckt.

Und wie man es sich denken kann, wartet die nächste Enttäuschung in der Bank auf uns. Aber eigentlich sind wir zu diesem Zeitpunkt gar nicht mehr überrascht. Wir versuchen, den Scheck der beiden Ganoven zu Bargeld zu machen, obwohl wir schon im Voraus wissen, dass es keines geben wird.

Nach kurzer Prüfung im Computer, drückt der Bankangestellte einen Stempel mit fetten roten Lettern quer über das Schriftstück und reicht uns dieses zurück. Wir wissen was darauf steht, ohne es zu lesen:
„SIN VALOR - UNGÜLTIG!"
Das Papier ist absolut wertlos.

Das war ein mächtig enttäuschender und deprimierender Tag. Ich bin froh, dass ich am Abend endlich nach Hause gehen kann. Dort angekommen treffe ich auf meinen Freund Willi. Er lädt mich ein auf ein Bier, was ich dankbar annehme. Ich berichte ihm über das ärgerliche Erlebnis mit diesen beiden Halunken.

Er hört mir aufmerksam zu und als ich fertig bin, fragt er mit einem breiten Grinsen im Gesicht:

„Weisst Du was ein Schüttelscheck ist?".

„Nein, keine Ahnung, hab ich noch nie von gehört."

„Ein Schüttelscheck ist ein Scheck mit dem Du zur Bank gehst um ihn einzulösen, woraufhin der Bankangestellte nach Prüfung desselben mitleidig lächelt und den Kopf schüttelt."

Das Palace Hotel

Den Gast, den wir heute erwarten, hat über Hotelplan gebucht. Ursprünglich hatte die Dame ein anderes Hotel ausgesucht. Dort ist sie jedoch kurz nach ihrer Ankunft gleich wieder ausgezogen. Sie weigerte sich zu bleiben und verlangte von der Reiseleitung eine andere Unterkunft.

Die Dame trifft am frühen Nachmittag bei uns im Hotel ein. An ihrem Auftreten erkennen wir sofort, dass es sich bei dieser Dame um eine waschechte englische Lady handeln muss. Ihr Alter ist schwer zu schätzen, so um die 60, könnte aber auch schon 70 sein. Sie trägt auffallend langes nach hinten gekämmtes schlohweisses Haar. Ihr Gesicht ist leicht aufgeschwemmt und überzogen mit vielen feinen Äderchen. Ihre Augen kann man nicht erkennen, da sie hinter einer riesigen Sonnenbrille verborgen bleiben.

Viel Sonne hat sie bisher nicht gesehen, was ihre blasse Haut nur bestätigt. Das kitschig bunte Blümchenkleid welches formlos an ihr herunterhängt, ähnelt eher einer Tischdecke. Alles in allem macht sie einen recht verlebten Eindruck. Die Bezeichnung Althippie passt wohl am besten zu ihrem Aussehen.

Man kann sich dabei gut vorstellen, dass sie in den wilden Sixties auch einmal Mitbewohnerin der Kommune 1 von Rainer Langhans war. Trotz ihrer stattlichen Figur schwebt sie beeindruckend leichtfüssig durch den Eingang und schwebt weiter, vorbei an der Rezeption, ohne mir auch nur die kleinste Beachtung zu schenken.

An der Treppe zum Garten bleibt sie abrupt stehen. „Herzlich willkommen im Can' Pedrus!" rufe ich und darauf leitet sie eine zackige Drehung ein und kommt forschen Schrittes auf mich zu. Ich bemerke ein schwaches Schwanken in ihrem Gang. Es sieht aus, als hätte sie die vergangenen zwei Wochen auf einem Kreuzfahrtschiff verbracht und nun, wieder zurück an Land, noch keinen festen Boden unter den Füssen gefunden.

„Hello! My name is Mary Jane!" begrüsst sie mich mit einer tiefen rauchigen Stimme. Sie streckt mir dabei ihre Arme entgegen, sackt im selben Moment in die Knie und verschwindet lautlos hinter Theke. Ich beuge mich vor um nachzusehen wo sie geblieben ist. Die Frau liegt flach auf dem Boden.

„Hallo? Geht es Ihnen gut?"

„Ooohh!!! Ooohh?" stöhnt sie und schaut mich verwirrt an.

„No, no, thank you, it's OK." antwortet sie und rappelt sich hoch auf die Beine.

Nachdem sie sich gefasst hat gibt sie mir vorwurfsvoll zu bedenken, dass der Steinboden hier im Hotel doch sehr rutschig sei. Ich entschuldige mich höflichst und frage nach ihrem Gepäck.

Dieses stehe noch draussen auf der Strasse und ich solle doch bitte den Portier damit beauftragen, es herein zu bringen. Ich antworte, dass dies sofort erledigt wird und zeige ihr erst mal das Zimmer.

Den ganzen restlichen Nachmittag über verbringt sie in ihrem Zimmer. Erst am Abend lässt sie sich wieder blicken und fragt nach dem Weg ins Restaurant. Der schlingernde Gang hat seit ihrer Ankunft merklich zugenommen. Ihre Sonnenbrille trägt sie noch immer, obwohl die Sonne bereits untergegangen ist und auch ihr Kleid ist dasselbe, das sie bei ihrer Ankunft getragen hatte.

Kaum eine halbe Stunde vergeht, da kommt sie wieder zurück und begibt sich auf ihr Zimmer. Nach gut einer Minute steht sie dann aber bereits wieder vor mir an der Rezeption. Sie sieht nicht besonders gut gelaunt aus und erklärt mir in klarem und unmissverständlichem Ton:

„Das Zimmermädchen hat vergessen, mein Bett zu dekuvrieren, ich bitte sie darum, sofort nach ihr zu rufen, damit sie diesen Fauxpas schnellstmöglich korrigieren kann!"

Sie sei sehr müde und ausserdem äusserst ungehalten ob diesem nachlässigen Service. Normalerweise sei sie es nicht gewohnt, sich mit solchen Lappalien herumschlagen zu müssen.

„Bei uns werden keine Betten dekuvriert, Madame. Wir sind ein einfaches Hotel und bei uns darf der Gast seine Bettdecke noch selber zurückschlagen."

Nach einem kurzen Moment der Stille schiebt sie ihre Sonnenbrille über die Stirn und fixiert mich mit glasig roten Augen. Ihre Lippen sind nur noch ein Strich und die Augen ziehen sich zu kleinen Schlitzen zusammen. Noch eine weitere Sekunde vergeht und ein schwaches „Ooooh?" dringt aus ihrem Mund heraus. Sie sieht sich verwirrt um, es scheint als sei sie gerade eben aufgewacht aus einem Traum und wisse nun nicht, wo sie sich befinde. Wortlos geht sie zurück auf ihr Zimmer.

Am nächsten Morgen, als ich ins Hotel komme und das Büro aufschliesse, dröhnt wildes Geschrei durch das ganze Haus. Einige Gäste kommen zu mir an die Rezeption und klagen, dass die Dame auch in der Nacht ziemlich oft herumgeschrien hatte und an Schlaf nicht zu denken war. Wie es aussieht, haben wir nun ein Problem im Haus.

Dieser Morgen fängt gar nicht gut an. Ich telefoniere auf ihr Zimmer um nachzufragen, was los sei, aber sie meldet sich nicht. Zumindest aber ist es nun ruhig geworden im Zimmer. Ich gehe also nach oben und klopfe an ihre Tür, aber sie macht nicht auf. Kein Ton dringt nach draussen.

Eine halbe Stunde später spaziert sie an der Rezeption vorbei in Richtung Garten. Sie verzieht keine Miene, als sei nichts gewesen. Ich frage, was denn los sei und warum sie so herumgeschrien habe.

Ganz erstaunt sieht sie mich an. Mit leicht zusammengekniffenen und immer noch glasigen Augen mustert sie mich von oben bis unten. Ganz so, als würde mit mir etwas nicht stimmen und nicht mit ihr. Vielleicht überlegt sie, wer das wohl ist, der da zu ihr spricht und was ich von ihr wolle. Schliesslich antwortet sie:

„Schreien? Ich? Wann? Ich habe nicht geschrien. Was bilden sie sich da ein, Junger Mann. Sie haben wohl ein bisschen zu viel Fantasie!" Ohne weiter auf mich zu achten, setzt sie ihren Weg zum Garten fort.

Ana, die derweil das Zimmer der Dame reinigt kommt zu mir an die Rezeption und meint, ich solle doch mitkommen und mir das ansehen.

Im Zimmer hält sie mir den Papierkorb entgegen. Zwei leere Liter Flaschen Gordon's Dry Gin liegen dort. Ana meint, dass es unmöglich sei, eine solch grosse Menge an Alkohol in so kurzer Zeit zu trinken.

„Das überlebt doch kein Mensch!"

Aber ich erzähle ihr von diesem Zeitungsartikel über eine junge Frau aus Tschechien. Bei einer Polizeikontrolle auf der Autobahn musste sie sich einem Alkoholtest unterziehen. Dieser ergab, dass sie 5 Promille Alkohol im Blut hatte und eigentlich schon Tod sein müsste.

Die Polizei fragte sie nach ihrem Führerschein, worauf die Frau erklärte: „Was fragt Ihr so blöd? Den haben Ihr mir doch schon Gestern abgenommen."

Das ist eine wahre Geschichte und zeigt ganz klar, dass das tödliche Mass bei Alkoholgenuss immer relativ ist.

Ich gehe zurück ins Büro und fahre mit meiner Arbeit fort, kann mich aber nicht konzentrieren. Die ganze Zeit dringt ein leises Rascheln aus den Büschen vor dem Bürofenster zu mir und lenkt mich ab. Zwischendurch ist eine Art schwaches wimmern zu hören. Ich frage mich was das für Geräusche sind.

Vögel vielleicht? Aber die klingen anders. Ich gehe hinaus auf die Terrasse und schau mich um. Nichts ist zu sehen. Ich gehe zurück an meinen Platz und schon fängt das Rascheln wieder an. Diesmal ist das Gejammer etwas intensiver. Merkwürdig, denke ich. Was kann das bloss sein. Ich schau nochmals von der Terrasse runter, sehe aber immer noch nichts.

Derweil kommt unser Stammgast Elsy vom Pool her an die Rezeption und sagt: „ Du hör mal. Ich glaube da braucht jemand Hilfe. Komm mal mit und sieh Dir das an."

Ich gehe mit Elsy hinaus in den Garten, zu der Stelle vor dem Bürofenster, wo das Rascheln und klagen herkam. Auf den ersten Blick ist noch immer nichts zu sehen. Doch dann bemerke ich, wie aus der dicht bewachsenen Dornenhecke zwei Füsse hervorlugen. Ich trete näher heran und rufe:

„Hallo? Was machen Sie denn da?"

Zur Antwort kommt ein schwaches Stöhnen. Ich knicke vorsichtig ein paar der stacheligen Zweige zur Seite und sehe die Lady, wie sie bewegungslos am Boden liegt.

Würden ihre weissen Beine nicht hervorschauen, man hätte sie wahrscheinlich nie gefunden, so gut ist sie mit ihrem grünen Strandtuch getarnt.

Ich gehe auf die Knie und versuche ihre Arme zu greifen. Sie ist unheimlich schwer und plump wie ein Sack Kartoffeln. Mit Hilfe von Elsy, schaff ich es, die Frau an ihren Beinen aus den Büschen zu zehren. Sie sieht schlimm aus. Die Arme und die Beine sind zerkratzt und es blutet wie verrückt aus ihren Wunden. Auch ihr dünnes Stoffkleid ist ganz schön zerschlissen.

Nachdem sie wieder einigermassen bei Besinnung ist und sich ihren Körper anschaut, schreit sie:

„Oh Holy Jesus! What has happened to me?".

Ich sag ihr, dass nichts passiert sei und dass sie wohl auf dem Kiesweg das Gleichgewicht verloren hätte.

Nach diesem weiteren Zwischenfall ist unsere Geduld nun am Ende. Wir wollen diese Frau nicht länger hier im Haus haben. Was wird sie wohl als nächstes anstellen? Gut möglich, dass sie in der kommenden Nacht mit ihren Zigaretten im Bett das ganze Hotel abfackelt. Es wird zu gefährlich mit ihr.

Ich rufe bei Hotelplan an und erzähle der Reiseleiterin, was ihre Kundin in den letzten 24 Stunden alles angestellt hat. Ich erkläre ihr zudem, dass wir diese Dame nicht länger bei uns haben wollen. Wir können nicht Tag und Nacht auf sie aufpassen und möchten deshalb, dass Hotelplan eine andere Unterkunft für die Frau suche.

Eine halbe Stunde später ruft die Reiseleiterin zurück. Leider seien alle Hotels auf der Insel ausgebucht, wir sollen sie doch noch ein paar Tage bei uns behalten. Ich antworte ihr ein weiteres Mal, dass wir die Dame nicht länger hier haben wollen und deshalb nun ein Taxi rufen, welches sie von hier weg bringt.

Der englischen Lady erzähle ich, dass in Palma in dem von ihr favorisierten Palace Hotel nun ein freies Zimmer für sie bereit stehe. Das Hotel, wo abends die Betten für die Gäste dekuvriert werden. Sie ist entzückt und fragt, wann sie denn umziehen könne. Ich erkläre ihr, dass das Taxi schon auf dem Weg hierher sei und sie nur noch packen müsse.

Während sie im Zimmer ihr Gepäck richtet rufe ich in der

Taxi Zentrale an und bestelle eine Fahrt nach Palma. Nach zehn Minuten steht der Wagen bereit und ich trage der Dame ihr Gepäck runter. Bevor sie einsteigt gebe ich ihr noch ein Papier mit der Telefonnummer der Reiseleitung in die Hand und erkläre ihr, dass sie diese Nummer anrufen soll, wenn sie in Palma angekommen ist.

Der Taxifahrer fragt, wohin er die Dame bringen soll.

„To the Palace Hotel!" ruft sie frohgelaunt, mit einer weit ausladenden Armbewegung.

Wo das denn sei, fragt er mich verwundert. Ich erkläre ihm, dass ich keine Ahnung habe, aber ich meinte gehört zu haben, dass es am Paseo Borne ein Palace Hotel gäbe.

Am nächsten Tag rufe ich die Reiseleitung an und frage nach, ob sie etwas von der Dame gehört hätten.

Sie hatte sich tatsächlich gemeldet und wohnte nun in einem Hotel in Palma und alles sei wunderbar.

Natürlich war Hotelplan nicht sehr begeisterst über unser eigenmächtiges Handeln. Wir sind aber froh, dass wir nun wieder ein Problem mehr vom Tisch haben. Und ausserdem sind wir froh, dass wir nur ein einfaches ein Sterne Hotel sind und kein Palace Hotel.

Die Wicht's

Monsieur und Madame Wicht sind Stammgäste des Ca'n Pedrus aus der Zeit vor unserer Zeit. Zu den Vorbesitzern pflegen sie ein freundschaftliches Verhältnis. Anderen Menschen begegnen sie jedoch äusserst distanziert. Kontakt zu den Hotelgästen suchen sie keinen und ist für sie auch nicht erstrebenswert.

Ihr Auftreten ist affektiert und übertrieben vornehm und passt so gar nicht zu einem Aufenthalt in einer Ein Sterne Pension. Herr Wicht scheint nicht sehr erfreut darüber zu sein, dass mein Bruder und ich die neuen Hotelbesitzer des Ca'n Pedrus sind und er lässt uns das auch spüren. Bei jeder Gelegenheit die sich bietet straft er unseren Führungsstil oder die Arbeit unserer Angestellten mit seinem arrogant amüsierten Lächeln. Es ist das typische - „Das kann ja nicht gut gehen" - Lächeln der Neider. Über alles und jedes mokieren sich die beiden. Nichts kann man ihnen recht machen. Immer finden sie etwas, das es zu kritisieren gibt. Der Umgang mit ihnen ist total mühsam und wahnsinnig nervenaufreibend.

Jedes Jahr fragen wir uns aufs Neue, weshalb Familie Wicht ihre Ferien immer wieder bei uns verbringt. Und jedes Jahr, wenn sie ihre drei Urlaubswochen bei uns endlich hinter sich gebracht haben, sind wir so glücklich und schwören uns, dass wir im nächsten Jahr ernst machen und sie nicht mehr bei uns aufnehmen.

Monsieur Wicht und seine Frau sind beide im Emmental

geboren und aufgewachsen. Sie sprechen beide ein ganz normales Berner Bauerndeutsch. Dies jedoch nur, wenn sie unter sich sind! Sobald andere Gäste in der Nähe sind, wird partout nur noch auf Französisch parliert. Sie geniessen es, allen zu zeigen wie vornehm und gebildet sie sind. Für sie beide ist Französisch sowieso die einzig anerkannte Weltkultursprache. Schweizerdeutsch sprechen nur die Bünzlis, also die einfacheren Leute.

Frau Wicht steht ihrem Manne in Sachen Affektiertheit in Nichts nach. Sie gibt sich alle Mühe ihre Herkunft zu verbergen und versucht bei jeder Gelegenheit, sich als Madame in vollster Vollendung zu präsentieren. Ihr Auftreten steht in drastischem Gegensatz zu ihrer bäuerlichen Erscheinung. Ihr robuster Körperbau lässt keine Zweifel offen, dass sie bei ihrer Geburt in irgendeinem namenlosen Emmentaler Kuhstall zwischen Elsa und Berta ins Stroh plumpste.

Nicht, dass Sie mich jetzt falsch verstehen. Ich habe absolut nichts gegen Emmentaler oder Geburten im Kuhstall. Aber man muss doch seine Herkunft nicht auf solch radikale Art und Weise verleugnen.

Frau Wicht bemüht sich trotz monumentalen 130 Kilo Lebendgewicht stets um diesen ganz speziellen grazilen Gang wie ihn nur Primadonnen auf der Ballett Bühne beherrschen. Ihr Erscheinungsbild und ihre Bewegungen wirken daher auffällig asymmetrisch.

Wie bereits erwähnt kommen die beiden aus dem Emmental, betonen aber immer wieder ausdrücklich und mit einem gewissen Stolz in der Stimme, dass sie im welschen Gruyère zu Hause sind. Es ist für sie ganz wichtig, dass man das weiss. Dumm nur, dass sich niemand dafür interessiert ob sie nun Emmentaler oder Gruyerzer sind. Für die anderen ist beides sowieso nur Käse. Aber das Wesentliche für die Wicht's ist eben, dass sie Französisch sprechen. Mit dieser feinen Kultursprache heben sie sich ab von uns und unserem unverständlichen teutonischen Stammesgebrabbel.

Die Wicht's haben, und man ist versucht zu sagen, leider, eine Tochter. Natalie heisst dieses bedauernswerte Kind, und sie ist ein ganz nettes und ruhiges Mädchen. Manchmal tut sie uns richtig leid. Man könnte es fast als Strafe bezeichnen, solchen Eltern in die Wiege gelegt worden zu sein. Man merkt, dass ihr die Eltern etwas peinlich sind. Ab und zu passiert es, dass es ihr zu viel wird, dann macht sie ihre Eltern diskret darauf aufmerksam. Sie sagt dann nicht viel, höchstens ein:

„Maman, s'il te plaît, ich bitte Dich".

Meistens jedoch sagt sie gar nichts, weil sie weiss, dass es sowieso nichts bringt.

Die Wicht's verlassen das Hotelgelände selten. Genaugenommen verlassen sie es überhaupt nie. Sie gehen nicht einmal zum Strand, nicht ein einziges Mal in den drei Wochen ihres Aufenthaltes. Nach Ankunft am Flughafen von Palma besteigen sie das Taxi, welches wir für Sie vorab reservieren. Das ist ihr einziger Kontakt zur Aussenwelt während der drei Ferienwochen.

Zu ihrem morgendlichen Ritual gehört das Besetzen von Liegestühlen am Pool. Es müssen immer die gleichen sein und immer an exakt gleicher Stelle. Drei Stühle an der Sonne und drei im Schatten unter den Schirmen.

Und wehe dem Gast, der es wagt, einmal schneller gewesen zu sein und sein Tuch auf eine ihrer Liegen legt. Der kann aber was erleben, was ein rezenter Greyerzer ist. Frau Wicht persönlich stellt sich dann demonstrativ vor den reservierten Liegestuhl. Ihre Arme hält sie angewinkelt in die Hüften gestemmt. Der Kopf ist leicht nach hinten gelegt und die bebenden Nüstern ihrer Nase schnuppern gegen den Wind, als wolle sie die Witterung ihrer Beute aufnehmen.

Empört steht sie am Pool und schaut hoch zu den Zimmern. Wer hat sich diese Frechheit erlaubt? Wollen wir doch mal sehen, ob sich irgendwo ein verdächtiger Vorhang bewegt. Alles bleibt ruhig, ausser Frau Wicht. Stampfend nähert sich die Dampfwalze der Rezeption. „Oh je" stammle ich, es ist aber schon zu spät zum Abhauen.

„Monsieur Held! Sie wissen ganz genau, dass wir jeden Tag dieselben Liegen benutzen! Wie kommt es also, dass nun eine davon besetzt ist? Sie sollten doch wirklich in der Lage sein, ihren Stammgästen ein Minimum an Aufmerksamkeit und Service bieten zu können und dazu gehört auch, lästigen Liegenbesetzern einen Verweis zu erteilen!"

„Schliesslich sind wir treue Stammgäste und kommen jedes Jahr! Es ist sehr ärgerlich, dass man sich um solche Nachlässigkeiten auch noch selber kümmern muss!"

„Also ich sag ihnen, mein Mann hat sich fürchterlich aufgeregt und hat nun seit dem Aufstehen mit Magenproblemen zu kämpfen."

„Ich erwarte von Ihnen, dass sie dieses Malheur umgehend aus der Welt schaffen!"

Sprachlos starr ich sie an. Ich bin baff und habe keine Idee, was ich auf diese Schelte antworten könnte.

Die kritischen Tage für die Wicht's sind die Wochenenden. Dann, wenn neue Gäste anreisen, die sich nichtsahnend und entspannt in einen Liegestuhl setzen wollen. An den Wochenenden werden die sechs Liegen deshalb pausenlos, im Schichtbetrieb, von den Wicht's bewacht. Es ist immer einer von ihnen vor Ort.

Gnadenlos markieren und verteidigen sie ihr Revier. Damit gleich jedem neuen Gast klar ist, wo die Grenzen bei den Liegen liegen.

Unbeweglich, wie aus Stein gemeisselt, mit geschwellter ölig glänzender Brust und Silberrücken, steht Herr Wicht da. Er demonstriert mit äusserst eindrücklichem Balzgehabe, wer hier der Chef dieser sechs Liegen ist.

In der Regel lassen wir diese armen Seelen walten. Wir greifen erst ein, wenn es mal wirklich eng wird am Pool und andere Gäste keine Liege mehr zur Verfügung haben.

Gerechterweise muss man aber auch erwähnen, dass die

Wicht's nicht die einzigen sind, die gerne Liegen besetzen. Es gibt noch eine Menge anderer Leute, die dasselbe tun. Und nein, es sind nicht immer nur die Deutschen oder die Engländer. Das ist ein Klischee. Es sind, zumindest in unserem Hotel, hauptsächlich die Schweizer.

Es ist ein regelrechter Volkssport, der sich da am frühen Morgen in der Dämmerung abspielt. Aber nicht nur am Morgen. Besonders beliebte Liegeplätze werden auch schon mal am Vorabend reserviert. Die Akteure arbeiten dabei mit immer neuen Methoden und Tricks, um an das Objekt ihrer Begierde ranzukommen. Ein dezent liegengelassenen Bikini Oberteil, ein Höschen oder ein Paar Socken.

Wenn wir wissen wem das Kleidungsstück gehört und es dem Gast auf das Zimmer bringen, dann heisst es:

„Huch, da ist es ja. Ich habe es schon überall gesucht! Vielen Dank, wie aufmerksam von Ihnen."

Doch nun zurück zu den Wicht's. Der Abend naht und somit der Höhepunkt und Abschluss ihres ereignislosen Tages. „Le Dîner"! Und dieses wird nicht einfach nur verzehrt, wie es wir plumpen wilden Horden aus dem Norden tun. Es wird zelebriert, so wie es nach guter französischer Sitte üblich ist.

Je nach Sonnenstand wird der perfekte Tisch vom Familienoberhaupt persönlich ausgesucht und in Besitz genommen, während sich seine Dame im Zimmer oben ihren Kopf in Form föhnt.

Es ist dann auch ein solcher Abend, der unsere Geduld endgültig überstrapaziert und das Fass zum Überlaufen bringt. Wir haben an diesem Tag viele Gäste und die Tische sind knapp. Herr Wicht kommt wie gewohnt eine Stunde früher zum Aperitif und setzt sich an einen freien Tisch im Schatten.

Er schaut sich ein wenig um und gibt dann der Kellnerin ein Zeichen, den Tisch weiter unten, unter dem Affenbrotbaum für drei Personen zu decken. Die Kellnerin tut wie geheissen und bereitet den Tisch vor.

Kurz darauf setzt sich ein junges Pärchen an einen freien Tisch direkt neben dem der Wicht's. Herr Wicht beobachtet die beiden durch seine verspiegelte Sonnenbrille und ruft dann die Kellnerin zu sich. Er habe sich nun doch für einen anderen Tisch entschieden. Für das „Dîner" wolle er sich mit seiner Familie lieber an jenen Tisch dort setzen und zeigt mit dem Finger auf den Tisch, an dem das Pärchen Platz genommen hat.

Die Kellnerin versteht nicht was er meint und da ich hinter der Bar genau mitbekommen habe, was er aufführt, gehe ich zu ihm rüber. Ich erkläre ihm, dass dieser Tisch, wie er selber sehe, bereits besetzt sei und der zuvor ausgewählte Tisch für ihn und seine Familie gedeckt ist und dass wir die anderen Gäste nun bestimmt nicht wegschicken werden.

Herr Wicht glaubt, dass er nicht recht höre. Ganz verdutzt schaut er mich an, steht auf und verlässt wortlos und ziemlich erregt das Restaurant.

An diesem Abend kommt die Familie nicht zum Essen und auch an den folgenden Abenden nicht. Die letzten Ferientage bis zur Abreise bleiben sie schweigsam und sehr distanziert. Wir sind sicher, dass Herr Wicht früher oder später noch einmal auf diesen Vorfall zurückkommen wird und uns zur Rede stellen will. Wenn nicht hier und jetzt, dann bestimmt später brieflich von zu Hause aus.

Aber nichts passiert. Selbst Wochen nach deren Heimreise erhalten wir keine Reaktion. Auch eine Beschwerde des Reisebüros bleibt aus. Anscheinend haben sie sich dazu entschlossen, die Sache zu vergessen und sich für die Zukunft ein anderes Feriendomizil zu suchen. Wir sind froh, dass wir sie endlich vom Halse haben.

Aber wir haben uns zu früh gefreut und der Bumerang kommt doch noch zurück. Im Frühling des folgenden Jahres, als wir die Wicht's schon fast vergessen haben erhalten wir eine gänzlich unerwartete Faxnachricht mit folgendem Text:

„BITTE BUCHEN: DREIBETTZIMMER, ZIMMER 204, 26. JULI BIS 16. AUGUST, FÜR FAMILIE WICHT. BESTÄTIGUNG PER FAX AN MICH. MFG".

Dieser selbstverständliche Befehlston in dieser Nachricht erweckt in uns sofort wieder Erinnerungen an die vergangene Saison und wir fragen uns, ob die Wicht's denn überhaupt nichts kapiert haben. Aber dieses Mal stehen wir zu unserer Entscheidung und sagen ihnen ab. Kurz und höflich begründen wir die Absage damit, dass infolge sehr starker Nachfrage, die Monate Juli und August bereits komplett ausgebucht seien.

Aber so einfach und glatt, wie wir denken, funktioniert das nicht. Es vergeht etwa eine Woche, da erhalten wir eine merkwürdige Faxanfrage. Sie kommt von einem Reisebüro, mit dem wir bisher noch nie etwas zu tun hatten. Das Reisebüro will ein Dreibett-Zimmer für eine Familie Meyer aus Fribourg für drei Wochen zwischen Ende Juli und Mitte August buchen. Es wird ausserdem darauf hingewiesen, dass es sich bei den Meyers' um langjährige Stammgäste unseres Hotels handle.

Wir überlegen, um welche Meyers' es sich dabei handeln könnte. Wir kennen keine Meyers' aus Fribourg. Zu unseren Gästen zählen Herr und Frau Meyer aus Basel sowie ein älteres Ehepaar aus Luzern, jedoch niemand aus Fribourg. Die einzigen Freiburger Gäste, die wir kennen, sind die Wicht's.

Demzufolge kann es sich bei diesen Meyers' also nur um die Wicht's handeln. Es ist kaum zu fassen, wozu die fähig sind. Ihnen ist scheinbar jedes Mittel recht und nichts peinlich genug, um ihre Ferien bei uns verbringen zu können, sie verschleiern dazu sogar ihre Identität.

Wir können es kaum glauben, dass sie versucht haben, unter falschem Namen zu buchen. Eigentlich ist das schon tragisch und die Wicht's tun uns fast leid. Trotzdem senden wir dem Reisebüro die gleiche Absage, die wir bereits den Wicht's geschickt haben und von da an haben wir endgültig nichts mehr von ihnen gehört.

Der freundliche Besucher

Es gibt Hotelbesucher, die mir immer in Erinnerung bleiben werden, obwohl sie nie im Hotel wohnten und obwohl ich nur kurz mit ihnen zu tun hatte.

Einer davon ist jener Herr, der eines Nachmittags an der Rezeption steht und nach einem Zimmer fragt. Er ist sehr freundlich, man könnte sagen, fast ein bisschen zu freundlich. Diese übertriebene Höflichkeit, leicht schmalzig und kriecherisch, ist unangenehm. Und dazu dieses aufgesetzte Lächeln bei dem er die Mundwinkel so abartig nach oben verdreht.

Ganz spontan erkläre ich ihm, dass wir ausgebucht seien. Es ist ein reines Bauchgefühl, dass mich zu dieser Massnahme treibt. Es kommt selten vor, dass ich einem Fremden kein Zimmer geben will, aber es gibt manchmal Momente, in denen man ein Gespür dafür bekommt, wem man ein Zimmer gibt und wem nicht.

Der Herr jedenfalls zeigt sich ein wenig enttäuscht. Er betont nochmals, dass unser Hotel eines der schönsten ist, die er hier auf der Insel gesehen hat. Er will auf jeden Fall nochmals vorbeikommen um seiner Frau unser Hotel zu zeigen. Er verabschiedet sich, geht runter zur Bar und trinkt ein Bier. Danach ist er weg.

Einige Tage später sitzt der Mann wieder an der Bar und trinkt ein Bier. Er begrüsst mich überschwänglich und fragt, ob es sich denn in der Zwischenzeit etwas ergeben hätte. Ich antworte ihm, dass leider noch nichts frei geworden sei. Er bedauert das sehr und verlässt kurz darauf das Hotel.

Wieder einige Tage später sitzt er abermals an der Bar. Auch unserer Kellnerin Toni kommt er seltsam vor. Er sitzt immer nur drinnen und nie draussen auf der Terrasse.

„Mit diesem Señor stimmt etwas nicht" sagt sie.

„Wir sollten ihn ein wenig im Auge behalten".

Ich gebe ihr recht und sag ihr, dass sie im speziellen auch ihr Service-Portemonnaie im Auge behalten sollte.

Wiederum begrüsst mich der Herr überschwänglich, als er mich sieht und wieder fragt er, ob nun ein Zimmer frei sei. Ich erkläre ihm, dass nichts frei ist und dass es wohl in den kommenden Wochen so bleiben wird. Ich frage ihn beiläufig wo denn seine Frau sei, er wollte ihr doch unbedingt das Hotel zeigen.

„Ach die hatte heute überhaupt keine Lust, etwas zu tun sie will einfach nur am Strand liegen und ihr Buch zu Ende lesen."

Aufgepasst! Hier stimmt was nicht! Irgendetwas ist faul an diesem Mann, man kann es förmlich riechen. Auf

Mallorca treiben irrsinnig viele gescheiterte Existenzen ihr Unwesen. Sie werden oft zu Kleinkriminellen und halten sich mit Diebstahl über Wasser. Mallorca ist auch ein beliebter Rückzugsort für gesuchte Gauner und Betrüger aus ganz Europa.

Mein Interesse an diesem Herrn ist nun geweckt und als er das Hotel verlässt, setze ich mich ihm auf die Fersen. Ich will wissen wohin er geht. Er kommt stets zu Fuss zu uns, mit einem Auto habe ich ihn bisher noch nicht gesehen. Ich folge ihm also unauffällig die Strasse hinunter in Richtung Meer. Kurz vor dem Strand biegt er in eine kleine Seitenstrasse ein und steigt dort in einen roten Seat Ibiza und fährt davon.

Wieso parkiert er nicht vor dem Hotel, warum versteckt das Auto in einer Seitenstrasse? Schon sehr seltsam. Ich notiere mir das Kennzeichen und gehe damit zur Polizei. Dort erzähle ich den Beamten die Geschichte von diesem eigenartigen Gast und übergebe ihnen die Beschreibung des Fahrzeuges und das Kennzeichen. Der Polizist versichert mir, dass er sich darum kümmern werde und mir dann Bescheid gäbe, wenn er was herausfinde.

Seit dem ersten Besuch des Mannes ist nun etwas mehr als eine Woche vergangen, als es zum folgenden Vorfall kommt: Es ist an einem Montag, mein Bruder hat seinen freien Tag und ich bin zwischen 15.00 und 17.00 Uhr nach Hause gefahren. Als ich nach der Pause zurück ins Hotel komme, bemerke ich beim Betreten der Rezeption, dass die Bürotür nicht geschlossen ist, sondern nur leicht angelehnt.

Das ist aber eigenartig. Ich vergesse doch sonst nie die Tür zu schliessen, wenn ich das Büro verlasse, auch nicht wenn ich nur 5 Minuten weg bin. Im Büro bemerke ich, dass an meinem Schreibtisch die Schublade halb offen steht, obwohl ich auch die immer verschliesse, wenn ich kurz hinausgehe.

Ich bemerke Kratzspuren an der Schublade, die ganz deutlich von einem Schraubenzieher stammen und sogleich fängt das Blut in meinem Kopf an zu rasen. Ich geh rüber zum Schreibtisch meines Bruders. Auch dort ist die Schublade offen, auch dort frische Kratzspuren.

Dieser Lump war hier drin, durchfährt es mich. Der hat die ganze Woche unseren Tagesablauf ausspioniert und heute hat er nun zugeschlagen. Ich schau mich um, was wohl fehlen könnte. Der Tresor ist zu, aber dieses mannshohe Ding kann man ohne Schlüssel sowieso nicht knacken, höchstens mit Dynamit.

Sofort rufe ich meinen Bruder an und frag ihn, ob er irgendwelche Wertsachen in seiner Schublade liegen hat. Zum Glück verneint er. Als nächstes kontrolliere ich die Ersatzschlüssel der Gästezimmer. Diese hängen an einem Schlüsselbrett hinter der WC-Türe des Büros. Auch die sind noch alle da, er hat sie nicht gesehen.

Nachdem ich alles gründlich durchsucht habe stelle ich erleichtert fest, dass nichts fehlt. Sogar die Spendenkasse für den örtlichen Tierschutzverein steht noch an ihrem Platz auf der Rezeption. Nicht einmal die hat er mitgenommen. Es sieht ganz danach aus als ob er gestört wurde.

Als nächstes gehe ich runter zum Restaurant und frage Toni so gelassen wie möglich, ob etwas los war am Nachmittag.

„Nicht viel", antwortet sie, „aber dieser seltsame Mann war wieder hier und er hat dir eine Nachricht hinterlassen."
Sie streckt mir einen handgeschriebenen Zettel hin. Ich nehme das Stück Papier und lese was da geschrieben steht:

> *Leider muss ich heute abreisen.*
> *Ihr Hotel hat mir ausserordentlich*
> *gut gefallen und ich werde nächstes*
> *Jahr bestimmt wieder vorbeischauen.*
> *Viele Grüsse und vielen Dank.*

Ich kann es nicht fassen. Ganz schön dreist dieser Typ. Da nimmt er sich nebst seinem Einbruch auch noch die Zeit, uns einen Abschiedsbrief zu schreiben. Was soll's, wir hatten Glück im Unglück, dass nichts gestohlen wurde. Immerhin hat er über eine Woche lang bei jedem seiner Besuche zwei bis drei Biere an der Bar getrunken und diese stets brav bezahlt.

Am darauffolgenden Tag, also genau einen Tag zu spät, meldet sich der Polizist von der Guardia Civil. Er teilt mir mit, dass es sich bei dem roten Seat Ibiza um einen Mietwagen vom spanischen Festland handle. Das Auto wurde vor etwa 10 Tagen in Málaga gestohlen und der Täter sei noch flüchtig.

Frühstück mit Jupp

Der „Reiseclub" ist ein deutsches Reiseunternehmen, welches sich erfolgreich auf Gruppenreisen für Singles spezialisiert hat. Auf seiner Homepage und im Katalog wirbt der Club gerne auch mit seinen „legendären Nackt-Skiabfahrten" in den Schweizer Alpen. Wir haben nie herausgefunden, ob es sich dabei um einen Druckfehler handelt oder nicht.

Laut Begleittext lernt man während den Reisen andere gleichgesinnte Menschen in ungezwungener und entspannter Atmosphäre kennen. Gemeinsam unternimmt man Ausflüge wobei Kultur und Relaxen im Vordergrund stehen.

Als Unterkunft werden dabei kleinere Hotels, wie zum Beispiel unser Ca'n Pedrus bevorzugt. Wichtig ist die intime Atmosphäre im Hotel. Die Gruppen-Singles bleiben gerne unter sich. Kontakt mit dem Massentourist wird nicht gesucht. Dieser kann, so wird befürchtet, den gruppendynamischen Kennenlernprozess empfindlich stören.

Meist verbringen die Gäste eine bis zwei Wochen im Hotel und anschliessend kommt die nächste Gruppe. Es sind manchmal 20, manchmal 30 Leute, die der Club bei uns einbucht. Die Clubgäste kennen sich nicht und treffen im Hotel zum ersten Mal aufeinander. Jeder dieser Alleinreisenden wird vom Veranstalter in ein „halbes Doppelzimmer" eingebucht.

Das bedeutet, dass der Gast das Zimmer während den anstehenden Urlaubswochen mit einem völlig fremden

Menschen teilen muss. Ob das ein gutes Konzept für gelungene Ferien ist, sei dahingestellt. Für bewusst Kontaktsuchende ist diese Art der Unterbringung jedenfalls sehr förderlich. So wird es zumindest im Katalog des Reiseclubs versprochen.

Das Prinzip ist ähnlich wie bei einem Segeltörn: Durch das Teilen von Bett, Bad und Toilette, und durch das Zusammenleben auf engem Raum, lernen Menschen sich sehr intensiv kennen.

Das geht nicht immer gut und ist auch nicht jedermanns Sache. Es kommt also logischerweise immer wieder mal zu Spannungen zwischen den Gästen. Diese Konflikte werden dann von den clubeigenen Reiseleitern in einem Gruppengespräch erörtert.

Für Aussenstehende scheinen diese Leute schon ein wenig seltsam, etwas Sektenartiges geht von diesem Club aus. Von Anfang an hatten wir Vorbehalte gegen diesen Reiseclub, haben uns dann jedoch mit ihnen arrangiert. In der etwas ruhigeren Nebensaison sind sie für uns unentbehrlich.

Eigentlich ist es ja eine gute Geschäftsidee, Gruppenreisen nur für Singles anzubieten. Das Reiseunternehmen findet seine Kunden hauptsächlich an Schulen und in Ausbildungszentren für angehende Lehrer. Der Grossteil der Klientel kommt also aus pädagogisch orientierten Berufen. Es sind alles Menschen mit einer guten Ausbildung und einem hohen Intellekt. Leider gilt aber auch bei Ihnen, dass die

Gruppedynamik das individuelle Denken in den Hintergrund stellt. Wir haben stets versucht, möglichst keine Gruppen bei uns unterzubringen. Gruppen sind sehr anstrengend und glauben, mehr Rechte zu haben als Individualreisende. Besonders anstrengend können Menschen mit höherem Bildungsgrad sein. Unsere Reiseclubgäste sind sehr kritisch und müssen immer gleich alles hinterfragen:

„Warum gibt es Frühstück nur bis halb Elf?"

„Warum darf man nach 22.00 Uhr den Pool nicht mehr benutzen?"

„Warum habt ihr so viele Regeln aufgestellt?"

„Warum scheint heute die Sonne nicht?"

„Warum, warum, ist die Banane krumm?" – Mühsam sind sie. Stellen Fragen, wie kleine Kinder.

Mit einer gewissen unterschwelligen Arroganz, wollen sie sich vom gewöhnlichen Strandproleten abgrenzen. Pauschalorganisierte Neckermann Reisende sind ihnen ein Gräuel. Sie rühmen sich ob ihres Individualismus und haben für den typischen Massentouristen bestenfalls ein mitleidiges Lächeln übrig.

Sie denken, sie stünden über diesen Massen und merken dabei nicht, dass auch sie nur Teil dieser Masse sind. Ihr Glaube und die Realität liegen weit auseinander. Tatsächlich bewegen auch sie sich permanent in ihrer kleinen homogenen Gruppe und bemerken gar nicht, dass der Pauschaltourist viel unabhängiger ist und mehr an Freiheiten geniesst als sie.

Wie eine Schafherde sitzen sie jeden Morgen dicht an dicht am Frühstückstisch beisammen und warten brav auf ihren Reiseleiter Jupp. Der hat dann die mühevolle Aufgabe, den Tag für diese hilflose Truppe von A bis Z durchzuplanen. Bis hin zur gemeinsamen abendlichen Kneipentour, die ohne den Reiseleiter nicht denkbar wäre.

Es steckt schon sehr viel Ironie dahinter, dass der ganz normale Tourist, der am Morgen mit seiner Luftmatratze unter dem Arm zum Strand spaziert und abends gemütlich durch die Gassen schlendert, genau diese Unabhängigkeit geniesst, welche diese Reiseclub Menschen eigentlich für sich reklamieren.

Vom Reiseleiter wird derweil alles abverlangt. Seine Arbeit ähnelt derjenigen eines Heimleiters für betreutes Wohnen. Seine Arbeit ist kein Zuckerschlecken. Meist benötigt es sogar zwei bis drei Reiseleiter die für die 24 Stunden rundum Versorgung im Einsatz sind. Nach nur einer Sommersaison sind diese dann ausgelaugt und fix und fertig, falls sie es überhaupt eine Saison lang durchhalten. Für eine weitere Saison in Diensten des Reiseclubs entscheiden sich dann wirklich nur noch diejenigen, die es nicht geschafft haben, eine würdevollere Arbeit zu finden.

Die Reiseleiter können einem manchmal ehrlich leidtun. Sie kämpfen bis zur Erschöpfung, bis zum drohenden Burnout. Jupp stand schon einmal kurz vor dem Kollaps. Ein Blick auf die Infotafel zeugt davon. Mit zittriger Hand hat er folgendes Tagesprogramm hin gekritzelt:

	DATUM: 10-24 02
TAGESPROGRAMM	ANMELDUNGSLISTE

SAMSTAG
19.00 Uhr Lecker Abendessen in
Cafe Clasic !!

1
2
3
4

SONNTAG
9.30 Uhr Jupp Komt für Frühstücken

1
2
3
4

MONTAG
8.30 Uhr. Kulltur-Wandern und
Baden in Pollenca und in
die Halbinsel Formentor !!

1
2
3
4

Wenn sich der Reiseleiter am Morgen einmal verspätet, dann macht sich sofort eine Unruhe breit. An der Rezeption wird dann nachgefragt, ob sich der Reiseleiter schon gemeldet habe und warum er noch nicht da sei. Und wenn der Reiseleiter dann endlich eingetroffen ist, wird oft bis zur Mittagszeit diskutiert, was man an diesem Tag alles unternehmen könnte. Das vom Reiseleiter ausgearbeitete Tagesprogramm ist selbstverständlich nicht zwingend und schon gar nicht für jenen Menschentyp, der es vorzieht, individuelle Entscheidungen zu treffen.

Die allmorgendlichen Diskussionsrunden erfreuen sich stets grosser Beliebtheit. Der halbe Tag wird damit verbummelt. Jeder Vorschlag muss bis ins kleinste Detail besprochen werden. Das Für und das Wider wird sorgfältig abgewogen. Jeder muss seinen Senf dazu geben. Es geht total demokratisch und ganz entspannt zu. Alle sind relaxt und geniessen die lockeren Gesprächsrunden. Alle, bis auf den Reiseleiter!

Am Abend dann, heimgekehrt vom Tagesausflug, falls überhaupt noch einer stattfinden konnte, ist die Truppe völlig erledigt und erschlagen von den vielen neuen Erlebnissen und aufregenden Eindrücken. Und darüber muss natürlich tiefgründig reflektiert werden. Den Tag lassen sie also wiederum in gemütlicher und entspannter Runde bei wechselnden Gruppentherapiegesprächen Revue passieren:

„Was war denn heute nur wieder los mit dem Klaus?"

„Ich weiss auch nicht Du. Ich finde sein Verhalten der Gruppe gegenüber auch nicht sehr sozial."

„Er hat sich ja schon von Anfang an immer ein wenig von uns abgeschottet."

„Ja Du, genau! Ich finde das total schade."

„Hat sich einfach nie richtig integrieren wollen."

„Ist schon ein bisschen ein schwieriger Mensch."

„Hab ich auch festgestellt." „Gestern am Pool, da hat man es wieder ganz deutlich gesehen, sitzt da ganz abseits mit seinem Buch und tut als ob er lese."

„Ja Du, der isoliert sich immer mehr und so".

„Er kann uns gegenüber einfach nie so richtig aus sich rauskommen und so".

„Kapselt sich völlig ab von den anderen. Seine Frequenz schwingt total auf einer anderen Ebene."

„Ich finde er verdirbt mit seinem spröden Verhalten den anderen richtig den Urlaub."

„Wir sollten vielleicht einmal mit ihm darüber reden, was ihn so bedrückt und so".

„Ja Du, das ist vielleicht eine gute Idee Du".

„Vielleicht sollten wir gleich Morgen nach dem Frühstück mit dem Reiseleiter darüber sprechen."

„Stimmt, denn schliesslich ist er ja verantwortlich für die Harmonie in der Gruppe."

„Ja Du, das ist eine gute Idee Du. Wir sprechen gleich Morgen nach dem Frühstück mit Jupp darüber."

Im Grunde genommen sind die Reiseclub Gäste schon sehr einsame und verlorene Seelen. Sie könnten einem fast leidtun, wenn sie nur nicht so unheimlich nerven täten. Mit ein wenig Abstand betrachtet muss man aber auch sagen, dass diese Leute mit ihren grotesken Auftritten bei uns und den anderen Hotelgästen immer wieder für Vergnügen und Heiterkeit gesorgt haben. Wir haben im Laufe der Jahre so viele dieser Clubgäste in unserem Hotel beherbergt und es ist immer wieder erstaunlich, wie absolut gleichgeschaltet diese Leute sind. Als ob sie vor dem Reiseantritt noch einen Eignungstest und einen Verhaltenskursus absolviert hätten.

Auf jeden Fall waren diese sehr speziellen Gäste eine interessante und willkommene Abwechslung für uns. Und vor allem der ach so gebrandmarkte Pauschaltourist hat in Anbetracht dieser Gruppendynamiker wahrlich keinen Grund, sein Reiseverhalten in Frage zu stellen.

Die grosse Freiheit

Der Abflug pünktlich um Vierzehnuhrzehn
Bald werden wir die Sonne sehn'
Endlich ist es nun soweit
Zwei Wochen Urlaub - Wir sind bereit

Kurz nach dem Start ins Wolkenmeer
Die Sehnsucht steigert sich noch mehr
Ein Prosit auf die kommenden Tage
Die Erwartung ist hoch – gar keine Frage

Vergessen sind die Alltagssorgen
Daheim verschlossen - seit heut Morgen
Vergessen auch die Arbeitslast
So voller Müh' und Hetz' und Hast

Von jetzt an wird ganz abgeschalten
Als freier Geist darf man nun walten
Für vierzehn Tag' ein König sein
Nicht grübeln was ist los daheim

Fünfzehnuhrvierzig der Vogel landet
Die Urlaubschar ist wohl gestrandet
Schon dringt die Hitz von draussen rein
Man nimmt den letzten Schluck vom Wein

Die Treibjagd derweil voll im Gang
Vom Zoll bis zum Gepäckempfang
Ein jeder will der erste sein
Und stürzt sich ins Getümmel rein

Die Koffer sind bald ausgeteilt
Schon jeder rasch nach draussen eilt
Der Bus bereits am Ausgang wartet
Alles steigt ein, der Fahrer startet

Ab geht die Post in Richtung Strand
In Gedanken liegt man schon im Sand
Zuerst noch im Hotel vorbei
Man macht sich von den Kleidern frei

Vierzehn Tag wird nun gefeiert
Vierzehn Tag die grosse Freiheit

KAPITEL 3

DER TRAUM VOM HAUS IM SÜDEN

... oder: Wenn der Traum zum Alptraum wird

„Wenn ich mal in Rente gehe, dann sage ich Adios zu Kälte und Regen." - „Dann gehe ich in den Süden und lass es mir endlich einmal so richtig gut gehen".

Viele Nordländer haben sich diesen Lebenstraum im Alter erfüllt. Eine Finca im Süden. Den anderen zu Hause zeigen, wie man es richtig macht. Endlich leben, das ganze Jahr Ferien in der Wärme, von Januar bis Dezember.

So mancher dieser neuen Haus- und Wohnungsbesitzer hat seinen Sommerurlaub seit Jahrzehnten vor Ort verbracht und fühlt sich mittlerweile wie zu Hause. Er kennt sich hier aus und weiss wie der Hase läuft. Er ist, man darf das ruhig sagen, ein Insider, ja fast schon ein Einheimischer.

Der Kellner in der Stammkneipe begrüsst ihn jedes Mal mit einem herzlichen:

„Hola Amigo".

Der Neuresident fühlt sich wie ein kleiner König. Alle und alles ist viel fröhlicher und viel lockerer drauf als zu Hause. Alles ist „No problema", alles ganz easy.

Doch aufgepasst mit dem Hauskauf, auch wenn man glaubt man sei schlau und kenne sich aus. Es gibt immer einen, der noch schlauer ist. Auf dem mallorquinischen Immobilien Markt tummeln sich sehr viele Ganoven und manche von ihnen sind ausserordentlich ausgebufft.

Um böse Überraschungen zu vermeiden sollte einiges erst ganz genau abgeklärt werden, bevor man eine Immobilie kauft. Auch wenn Mallorca eine „deutsche" Insel ist, sollte man wenigstens ein Minimum an spanischem Vokabular beherrschen, um nicht komplett über den Tisch gezogen zu werden.

Man darf sich auch nicht allzu sehr auf Anwälte verlassen, welche sich auf Immobilienrecht spezialisiert haben. Deren Aufgabengebiet beschränkt sich hauptsächlich auf das Einkassieren von fetten Honoraren und üppigen Prämien für einen übertruerten Hauskauf.

Fatal ist der Glaube, dass wenn ein Makler deutsch spricht oder sogar Deutscher ist, man mit ihm auf der sicheren Seite steht. Vor denen muss man sich besonders in Acht nehmen.

Vor allem aber gilt: Hände weg von vermeintlichen Schnäppchen! Diese entpuppen sich oft als Genickbrecher. Man sollte sich darüber im Klaren sein, dass man im Leben nichts geschenkt bekommt, alles hat seinen Preis. Wenn das Angebot allzu verlockend klingt, ist bestimmt irgendwo ein Haken, an dem man früher oder später hängen bleibt.

In Spanien passieren Dinge, die glaubt man gar nicht, wenn man es nicht selbst erlebt hat. Einen guten Überblick über solche unglaubliche Geschichten bekommt man, wenn man die deutschsprachige Wochenzeitung „Mallorca Magazin" liest. Als wahre Fundgrube absurder Erlebnisse ausländischer Hausbesitzer erweisen sich die Leserbriefe. Betroffene berichten darüber, was ihnen beim Hauskauf widerfahren ist. Man erfährt dabei mehr, als dem Immobilienmakler lieb ist.

Gehört das Haus tatsächlich demjenigen, der es Ihnen verkaufen will? Existiert das Haus wirklich auch auf dem Grundbuchamt, oder ist dort lediglich von einem unbebauten Grundstück die Rede? Hat das Haus eine eigene Zufahrt, oder führt der Weg über das Grundstück des Nachbarn? Das Wegerecht ist ausserordentlich wichtig, wie man aus einem der Leserbriefe erfährt.

Eine Familie hat vor einiger Zeit eine Finca erworben. Diese liegt etwas abseits im Hinterland. Soweit abseits, dass keine Strasse direkt am Grundstück vorbeiführt. Die einzige Zufahrt bietet ein schmaler Feldweg. Dieser Feldweg jedoch liegt, wie die Familie erst später erfährt, auf dem Grundstück des Nachbarn.

Zu Beginn ist das gar kein Problem: Der Nachbar sagt, sie können den Feldweg gerne benutzen. Doch dann, eines Tages, gibt es Unstimmigkeiten mit dem Nachbarn, worauf dieser sein Grundstück absperrt und somit die Zufahrt zum Haus blockiert. Als Folge muss die Familie nun jedes Mal zu Fuss einen weiten und beschwerlichen Umweg über Felder zurücklegen, um auf ihre Finca zu gelangen.

Solch wichtige Punkte sollte man vor einem Hauskauf unbedingt persönlich abklären. Es bringt nicht viel, dies von einem Immobilienmakler erledigen zu lassen. Oft wissen diese nicht mehr als Sie selber und vor allem wollen sie meist nur das eine, nämlich den Verkauf so schnell wie möglich über die Bühne zu bringen um ihre Provision einstreichen zu können. Mögliche Probleme werden dabei gerne von vornherein ausgeblendet.

Es gibt viele seriöse Makler ganz ohne Zweifel. Aber es gibt noch viel mehr unseriöse und es ist schwierig, die Spreu vom Weizen zu trennen. Die Tätigkeit als Immobilienmakler ist in Spanien kein geschützter Berufstand.

Auf Mallorca liegen sehr viele dubiose Typen in der Sonne herum und warten nur auf die nächstbeste Gelegenheit, ein Geschäft an Land zu ziehen. Viele gescheiterte Existenzen, die mit ihrer kleinen Kneipe Pleite gegangen sind und es danach als Makler versuchen.

Man benötigt dazu kein Eigenkapital und keine Räumlichkeiten, ein Handy und das Auto als mobiles Büro genügen vollkommen. Diese Art von Makler schreibt sich im Immobilienteil einer Zeitung Liegenschaften raus, die zu verkaufen sind und bietet diese dann exklusiv seiner Kundschaft an. Oft weiss der Hausbesitzer gar nichts von diesen Zwischenhändlern. Ich habe solch einen Jongleur persönlich gekannt. Er war unser Nachbar und hiess:

Detlef – Der Checker von Mallorca

Jeden Morgen um zehn stolziert Detlef wie ein Gockel und wie frisch aus dem Ei gepellt mit seiner Aktenmappe unter dem Arm aus dem Haus und trifft sich dann, mangels eigenen Büros, in irgendeiner Cafeteria mit seinen Kunden.

Er gibt sich dabei immer sehr locker, ziemlich lässig und ganz schön cool. Er mag es, die Rolle des halbseidenen Playboys zu spielen. Die angegrauten halblangen Haare sind stets leicht ölig und nach hinten gekämmt. Darüber thront die obligatorische Sonnenbrille. Seine Brustbehaarung stellt er stolz in weit geöffneten Hemden zur Schau.

Er ist ein Angeber, durch und durch und gerne erklärt er seinen Kunden, wie man es hier auf Mallorca richtig macht:

„Auf Mallorca arbeitet man drei Stunden am Tag, die restliche Zeit ist zum Leben da."

Soweit seine Lebensphilosophie, die er oft und gerne verbreitet. Er ist noch kein ganzes Jahr auf Mallorca und spricht bis auf die üblichen drei Floskeln kein Wort spanisch, aber er weiss über alles Bescheid.

Mit Vorliebe spricht er über sein Neubauprojekt weiter hinten im kleinen Wäldchen. Vier grosse Häuser sollen dort dereinst entstehen. Eines will er für sich behalten, die anderen drei werden verkauft, mit fettem Gewinn natürlich. Da er selber keinen einzigen eigenen Groschen besitzt, hat ihm seine Lebensgefährtin Kapital zur Verfügung gestellt.

Ich mag diesen Typen nicht. Er war mir von Anfang an unsympathisch, aber mein lieber Freund Willi ist mächtig beeindruckt von seinem grossspurigen Auftreten.

„Du, ich sag Dir Du, der Detlef, der hat was drauf, der weiss, wie man's macht. Der knallt da Häuser hin, verkauft sie und lebt wie ein König."

„Warts mal ab Willi, für mich ist das nur ein grosser Schwätzer", sag ich dann immer zu ihm.

Zwei Jahre vergehen, drei Jahre vergehen, aber seine Häuser werden und werden nicht fertig. Weiter als bis zum Rohbau kommt es nicht, da zwischenzeitlich ein Baustopp verhängt wird.

Nichts geht mehr, ausser dem Geld, das langsam aber sicher ausgeht. Die Stimmung zu Hause bei den Detlefs wird von Tag zu Tag trüber und angespannter. So langsam bahnt sich bei ihnen das unvermeidliche Drama an.

Oft schrecken wir mitten in der Nacht aus unserem Bett hoch, geweckt vom Geschrei von gegenüber.

„Das war mein Geld! - Was hast Du nur damit gemacht?"

„Verarscht haben sie dich, und du Depp blechst und blechst ohne Ende! Was sollen wir denn jetzt tun?"

So geht das über Wochen zu und her. Und zuletzt sitzen die beiden in ihrem Häuschen auf Packkisten. In der Hand halten sie die Kündigung. Strom und Wasser sind schon seit längerer Zeit abgeschaltet worden. Jetzt ist uns auch klar, warum die beiden nachts stets bei Kerzenlicht herumstritten. Die täglichen Streitereien klingen zunehmend verzweifelter.

Es ist uns unangenehm.

Die beiden tun uns nun wirklich leid. Detlef ist ja eigentlich kein Gauner, er war einfach ein kleiner Angeber der auf zu grossem Fuss gelebt hatte und der am Ende vom Architekten und vom Bauführer bis aufs letzte Hemd ausgenommen wurde. Die beiden haben sich nämlich kurz danach die vier Häuser unter den Nagel gerissen und ganz fix war der Baustopp aufgehoben und die Häuser fertiggestellt und verkauft.

Lange Zeit hat man dann nichts mehr von Detlef und seiner Partnerin gehört, still und heimlich waren sie über Nacht aus ihrem Heim ausgezogen. Niemand wusste wo und wovon sie nun lebten. Sie waren wie vom Erdboden verschluckt. Und dann, ein halbes Jahr später, ich hatte Detlef schon fast vergessen, da sah ich ihn zufällig in Cala Ratjada. Er arbeitete nun als Kellner in einer Kneipe. Und bei diesem Anblick erinnerte ich mich dann wieder an Detlefs Lebensphilosophie.

Von Zeit zu Zeit, wenn wir in kleiner Runde zusammen sitzen und das Thema mal wieder auf Detlef fällt, dann erzählt uns Willi immer gerne eine seiner Lieblings Weisheiten, und die geht so:

„Weisst Du wie man auf Mallorca ein kleines Vermögen machen kann?" – „In dem man ein grosses mitbringt!"

Nun aber wieder zurück zum Immobilienerwerb: Bei einem Hauskauf darf man sich nicht zu sehr auf die Grundbucheintragungen verlassen. Bis vor wenigen Jahren war es in Spanien nicht üblich, Handänderungen, zum Beispiel durch Schenkungen oder durch Erbschaften oder auch bauliche Veränderungen wie etwa Anbauten, im Grundbuch einzutragen.

Das hatte ganz praktische Gründe. Das Land wurde ja sowieso innerhalb der Familie von Generation zu Generation weitervererbt. Jegliche Eintragung auf dem Amt hätte unnötige Kosten zur Folge gehabt. Und so kommt es heute noch vor, dass im Grundbuchamt als Besitzer ein Ur-Ur-Ahne eingetragen ist, und die Grundstückgrösse in Palmenlängen angegeben ist. Da liest sich dann ein Grundbucheintrag etwa wie folgt:

„Das Grundstück des Don José Morey-Ferreira grenzt im Norden auf einer Länge von 20 Palmen an das Land der Doña Antonia Terassa-Puyol. Im Süden auf einer Länge von 25 Palmen an das Land des Don Miguel Fernadez-Ribeira und im Westen auf einer Länge von 15 Palmen an das Land der Doña Maria Magdalena Nadal-Ferragut."

In der Regel sind all die genannten Personen schon seit Jahrzehnten tot. Meist ist anhand eines solchen Beschriebs auf den ersten Blick gar nicht mehr nachvollziehbar, wer nun eigentlich der Besitzer ist und wo das Grundstück anfängt und wo es endet.

Genau solch ein Stück Land haben wir vor einigen Jahren unseren Nachbarn abgekauft. Gemäss Grundbuch gehört das

Land jedoch noch immer deren Grosseltern. Unser Anwalt klärte uns bereits im Vorfeld darüber auf, dass es deswegen eventuell Verzögerungen bei der Umschreibung geben könnte. In aller Regel sei es jedoch reine Formsache.

Zuerst müsse das Grundstück von den Grosseltern (bereits gestorben) auf deren Kinder (ebenfalls gestorben) und dann zu guter Letzt auf die heutigen Besitzer (beide schon gegen 80 und sehr kränklich) übertragen werden.

Dafür werden die Geburtsurkunden der bereits Verstorbenen, sowie deren Sterbeurkunden und Tausend weitere bizarre Schriftstücke von den Behörden verlangt. Die Bürokratie in Spanien treibt seltsam absurde Blüten.

Wenn man dann nach mühevoller Suche sämtliche von den Behörden geforderten Unterlagen herbeigeschafft hat, dann verlangen diese einfach weitere neue Dokumente. Deren Kreativität beim Verzögern und Hinausschieben einer Angelegenheit kennt keine Grenzen. Es ist der reinste Zermürbungskrieg, man klemmt mittendrin zwischen den Zahnrädern der Amtsmühlen und wird langsam und methodisch zerquetscht.

Im Laufe der Jahre entwickelte sich unser Landkauf zu einem riesigen Bürokratiemonster. Hier noch den Durchblick zu haben, ist eine juristische Meisterleistung.

Mittlerweile beschäftigten sich schon vier Anwälte, allesamt spezialisiert auf Immobilienrecht, mit dieser Umschreibung. Einer nach dem anderen hat resigniert. Der Landkauf liegt während ich das hier schreibe bereits zwölf

Jahre zurück und ein Ende ist nicht in Sicht.

Das alles macht einem sehr nachdenklich und manchmal, wenn die Wut wieder einmal so richtig aus mir herausbricht, dann dreht die Fantasie mit mir durch und ich sehe mich, wie ich in Rambo Manier, bewaffnet mit einem Schnellfeuergewehr und tausend Schuss Munition, in solch ein modrig verstaubtes Amtszimmer hineinstürme und und diese Schreibtischtäter allesamt kaltblütig niedermähe.

Es gibt Momente, da hätte man keine Skrupel und wäre zu allem bereit. Wir sind mittlerweile davon überzeugt, dass sich unsere Nachkommen zusammen mit den Nachkommen der Vorbesitzer in Zukunft weiter damit beschäftigen werden. Wir haben die Hoffnung so gut wie aufgegeben, das Ende dieses Trauerspieles noch persönlich zu erleben.

Das Hotel das es nicht gibt

Wenn die Besitzverhältnisse geklärt sind und der stolze Eigentümer in seine Liegenschaft einzieht, dann kann es passieren, dass eine weitere bürokratische Kellerleiche zu Tage tritt: Das geliebte Haus steht zwar ganz real auf dem Grundstück, man bezahlt auch die jährlich anfallenden Steuern dafür, aber im Grundbuch existiert es nicht. Dort wird lediglich das Grundstück erwähnt. In solch einem Moment bekommt der Glaube an den Staat einen Knacks.

Im Jahr 2000, nachdem wir unser Hotel schon seit acht Jahren betrieben haben, wird es Zeit für eine Renovierung. Um uns einen Renovations-Kredit zu gewähren benötigt die Bank sämtliche Unterlagen, die über den Geschäftsgang, das Grundstück sowie die Gebäude Auskunft geben.

Wir übergeben unserer Bank alle Dokumente die wir besitzen. Darunter befinden sich die Bilanzen, sowie sämtliche Belege der letzten zehn Jahre der Gewerbe- und Grundsteuern. Natürlich verfügen wir auch über eine Betriebslizenz und über eine Beherbergungslizenz. Wir besitzen auch Zertifikate der Gemeinde und des Tourismus Ministeriums, welche unseren Betrieb als offizielles Hotel auszeichnen.

Nach Durchsicht der Unterlagen teilt uns die Bank mit, dass das alles wunderbar sei, es jedoch ein kleines Problem mit dem Hotel gäbe. Offiziell nämlich, offiziell existiert das Hotel überhaupt nicht. Es gibt auch kein Restaurant und keinen Pool.

Nichts davon ist im Grundbuch vermerkt. Dort ist nur das unbebaute Grundstück verzeichnet. Sämtliche Gebäude sind somit rein rechtlich gesehen illegal erstellt worden, also Schwarzbauten.

Wir glauben zuerst an einen Scherz und fragen unseren Bankdirektor, wie das denn möglich sei, da wir über sämtliche nötigen Lizenzen verfügen um ein Hotel zu betreiben und auch regelmässig Steuern dafür bezahlen dürfen, und nun soll es das Hotel gar nicht geben?

Wir kommen uns vor wie bei den Schildbürgern. Der Bankdirektor jedoch antwortet mit der typischen gelassenen Art des Südländers:

„Así es España! So ist Spanien."

Uns ist einmal mehr unheimlich zu Mute und wir fangen an, uns Sorgen zu machen. Wird unser Hotel wegen illegaler Geschäfte nun dicht gemacht? Wie ist so etwas möglich? Wie kann ein Betrieb, der seit bald 30 Jahren Gewerbesteuern abliefert nicht existent sein?

Das alles kommt einem doch sehr spanisch vor. Aber es wäre ja nicht Spanien, wenn es nicht auch für dieses Problem eine kreativ elegante Lösung gäbe. Diese Lösung trägt den offiziellen Titel: „Antigüedad".

Bei der „Antigüedad" handelt es sich um ein Gesetz, das die Verjährungsfristen regelt. In diesem Gesetz steht geschrieben, dass illegale Bauten, welche vor mehr als 20 Jahren errichtet wurden, nachträglich und ohne Strafe registriert, also legalisiert werden können.

Unser Glück ist, dass das Hotel seit 30 Jahren besteht. Problemlos erhalten wir deshalb den Eintrag im Grundbuchamt. Verstehen können wir aber trotzdem bis heute noch nicht, wie ein nichtexistentes Hotel eine Betriebsgenehmigung erhalten kann und Steuern bezahlen darf.

... ich will hier raus!

Die meisten Nordeuropäer die wir auf Mallorca kennen gelernt haben und die ihren Traum vom Süden leben, wollen nach wenigen Jahren wieder weg von hier, weg vom Chaos und von der Rechtsunsicherheit, zurück in den Paragraphen verliebten, aber geordneten kalten Norden.

Sie haben genug vom Ärger mit den Handwerkern, vor allem mit den deutschen Handwerkern, die fast jeden ihrer Landsleute übers Ohr hauen.

Sie haben genug von den Schwierigkeiten mit den lokalen Ämtern, deren Beamte die Ausländer mit Vorliebe ignorieren und ewig warten lassen.

Sie haben genug von der Bürokratie, welche sogar bei einer einfachen Anmeldung eines Telefonanschlusses einen gewaltigen Aufwand betreibt. Auch das Ummelden seines Fahrzeuges übersteht man nur, wenn man ganz starke Nerven, viel Geld und viel Geduld mitbringt.

Das grösste Handicap ist jedoch die Sprache. Der Spanier spricht nämlich, abgesehen vom Touristenführer und vom Kellner, meist nur Spanisch. Der Nordländer vergisst oft, dass er sich hier im Ausland befindet und wenigstens ein Mindestmass an Vokabular in der Landessprache beherrschen sollte.

Auch mein Nachbar Willi vergisst das immer wieder und nervt mich dann mit seinen Sprüchen:

„Du, die Spanier die sind ja so blöde, die sprechen kein einziges Wort Deutsch."

Schon tausend Mal habe ich ihm vorgeschlagen, dass er doch einen Spanischkurs nehmen könne. In Deutschland oder in der Schweiz wird von den Ausländern ja auch ein Mindestmass an Integration erwartet. Also wenigstens ein paar Basiskenntnisse der Sprache sollten vorhanden sein.

„Zumindest wenn man, wie Du, bereits seit 10 Jahren hier auf Mallorca lebt, meinst Du nicht auch Willi?" antworte ich dann regelmässig.

„Ja, ja, Du hast ja recht", gibt er dann kleinlaut und etwas beschämt zu.

Die Sprachbarrieren sind ein grosses Problem bei den Zugezogenen. Ich bewundere die Spanier immer wieder, mit welcher Ruhe und Gelassenheit sie sich von den Ausländern auf Deutsch oder Englisch belehren lassen.

Nebst all diesen Schwierigkeiten gibt es noch einen weiteren Grund, der die Zuzügler nach einiger Zeit wieder zurück in ihre Heimat flüchten lässt. Es ist die Langeweile, und sie birgt ein sehr erhebliches Frustrationspotential, welches nicht zu unterschätzen ist.

Wenn das Traumhaus mal fertig eingerichtet ist, wenn der Garten bepflanzt ist, wenn alles so steht wie man es sich vorgestellt hat und danach die ganze Insel hoch und runter gefahren ist bis man jede Ecke in- und auswendig kennt, dann gelangt zu dem Punkt, an dem es nichts mehr zu tun gibt.

An diesem Punkt bleibt einem dann nur noch der Liegestuhl im Garten. Man kann aber nicht den ganzen Tag nur in der Sonne faulenzen. Das Nichtstun kommt einem je länger desto mehr wie eine Strafe vor. Früher oder später sucht dann jeder doch noch den Kontakt zu denen, die er eigentlich meiden wollte. Man trifft sich mit den anderen Residenten aus der Heimat, denen es genauso geht und deren Tage auch so unerträglich lang geworden sind.

Der Treffpunkt ist dann in der Regel, wie man es von zu Hause her gewohnt ist, der Stammtisch in der Kneipe um die Ecke. Und wie es so ist, wenn man nichts Sinnvolles zu tun hat, wird schon frühmorgens am Wein- oder Schnapsglas genippt.

Wehmütig und bereits mit leichter Dröhnung, bedingt durch Sonne und Alkohol, werden dann die guten alten Zeiten in der guten alten Heimat wieder heraufbeschworen. Damals als doch alles viel besser war.

Glückselig und vom Wein beflügelt wird dann noch im selben Atemzug mit einem kräftigen „Salut!" angestossen auf das herrliche Leben auf „unserer Insel".

Wartezeiten

Das Leben ist ein Wartezimmer
Wo man hinkommt … man wartet immer
„Setzen Sie sich einen Moment"
Diese Worte man längst kennt

Die Zeit vergeht, man sitzt noch immer
Und voller wird das Wartezimmer
Die Luft im Raum wird merklich schlechter
Man hört auch kaum noch ein Gelächter

„Es dauert nur noch kurze Zeit!"
Zu früh schon hat man sich gefreut
„Herr Meier bitte!" rufts durchs Äther
Wieso denn der? Der kam doch später!

Auch simple Dinge, die zu verrichten
Können den ganzen Tag vernichten

Ob auf Post, auf Bank, auf Amt
Es zieht sich durch an einem Band
Man steht an hier, man wartet dort
Die Zeit verstreicht an jedem Ort

Stund um Stund wird uns gestohlen
Die Zeit entwischt auf leisen Sohlen
Wie wertvoll doch das Leben ist
Doch wir vergeudens mit jeder Frist

Der Zeitraub häuft sich immer mehr
Und plötzlich ist das Konto leer

Schon steht man vor dem höchsten Gericht
Es kommt der Petrus mit lächelndem Gesicht
Nur zwei Worte er zu Dir spricht:
„Bitte warten" – und mehr nicht

KAPITEL 4

MEIN FREUND WILLI

Willi, ein Mann für fast alle Fälle!

Genauso steht es geschrieben auf seinen Visitenkarten. Daneben prangt das Seitenprofil eines elegant gekleideten Gentlemans im Stile eines James Bond.

Willi ist mein Nachbar und er kommt ursprünglich aus:
„Der ssöönsten Sstatt der Welt!"
wie er in seinem spitzen norddeutschen Dialekt immer zu sagen pflegt. Er kommt also aus Hamburg.

Sein ganzes Leben hat er auf dem Bau gearbeitet, hauptsächlich als Baggerführer. Ein richtiger Arbeiter ist er, mit Leib und Seele, und darauf ist er stolz. Helmut Schmidt, SPD und Gewerkschaft gehören ebenso zu seinem Leben wie Spielcasinos, Schampus und Mercedes fahren. Für Willi waren dies nie Wiedersprüche.

Trotz seines Alters ist er noch immer Top Fit und unheimlich kräftig. Sein Markenzeichen ist seine Glatze mit all den Schrammen und Furchen, welche davon zeugen, dass er nie gebückt durchs Leben ging.

Willi ist ein typisches Kriegskind, das sieht man an seiner Vorratskammer und seinen zwei Tiefkühltruhen, welche immer bis oben hin vollbepackt sind mit Lebensmitteln. Wenn ich ihm sage, dass es doch gleich um die Ecke einen Supermarkt gibt, mit täglich frischem Angebot, dann antwortet er nur:

„Sicher ist sicher. Man kann nie wissen."

Sein Lieblingsgetränk ist Gin Tonic und er ist davon überzeugt, dass die „Queen-Mum" dank dem Gin über 100 Jahre alt wurde.

An seinem 66. Geburtstag hatte er sich, getreu eines bekannten Schlagers von Udo Jürgens, gesagt:

„Jetzt fängt mein Leben an!" und ist nach Mallorca ausgewandert.

Willi ist eine grossartige Persönlichkeit von altem Schrot und Korn, der eine unglaubliche Menge von altem Seemannsgarn zu erzählen weiss. Er raucht und säuft und tut überhaupt alles, was Gott verboten hat. Aber er war noch nie schwerwiegend krank und kennt Spitäler nur als Besucher. Und das seit nunmehr über 80 Jahren.

Sein Motto lautet:

„Alkohol und Nikotin rafft die halbe Menschheit hin. Ohne Schnaps und ohne Rauch, stirbt die andere Hälfte auch".

Damit es ihm auf Mallorca dann auch nicht zu langweilig wird, hat er nach seiner Ankunft sogleich mit einem seiner Hobbies begonnen: Kontaktanzeigen im Hamburger Abendblatt.

„Willi, ein Mann für fast alle Fälle sucht die Traumfrau, welche mit ihm auf seiner Trauminsel leben möchte".
Natürlich hat diese Annonce in der Hamburger Damenwelt eingeschlagen wie eine Bombe. Willi bekommt Zuschriften wie ein Popstar. Stolz präsentiert er mir jeden Tag neue Kandidatinnen. Brief und Foto sagen ja in der Regel nicht viel über einen Menschen aus und da Willi keine halben Sachen macht, lädt er kurzerhand eine Bewerberin nach der anderen für eine Schnupperwoche zu sich ein. Sein Fazit nach mehreren Damenbesuchen ist dann aber recht ernüchternd.

„Hast Du die eine gesehen, diese Brünette? Auf dem Foto sieht die so toll aus und in natura ist sie fett wie ein Walross."

„Und die Rothaarige erst. Nachdem die eines Morgens mit nassen Haaren aus dem Bad kam, da dachte ich, eine Wasserleiche steht vor mir, mein Gott auch!"

„Und die Blonde dann, kannst Du Dich noch an die erinnern? Die hat doch bestimmt ein Foto von ihrer Tochter geschickt. Die hat so tiefe Furchen auf den Wangen, ihr Gesicht sieht aus wie ein Acker. Und gesoffen hat die, ich sag Dir, die hat mir sämtliche Flaschen in Schrank leer gemacht."

„Du ich glaube das wird so nix", meint er. „Ich such jetzt mal nach einer, die schon hier auf der Insel lebt, denn so langsam wird mir das zu teuer."

Doch wie befürchtet enden auch die Treffen mit den auf der Insel residenten Damen leider nicht wunschgemäss. Die Bilanz am Ende fällt dann entsprechend aus. Die gepflegten gutsituierten und finanziell abgesicherten Damen fühlen sich von Willi's etwas ruppiger Art eher abgeschreckt und diejenigen, die gerne bleiben würden, sind entweder stramme Alkoholikerinnen oder total pleite, oder beides zusammen.

Eine hat ihn beklaut und einer anderen hat er 500.- € geliehen. Geld und Frau hat er danach nie mehr gesehen. Seine abschliessende Anmerkung zu diesem gescheiterten Unterfangen lautete kurz und bündig und ganz typisch Willi: „Nun ja, ausser Spesen nichts gewesen."

Willi hat dank seinem Jahrgang 1928 irrsinnig viel Aussergewöhnliches erlebt und weiss auch einiges darüber zu berichten. Er hat den Krieg als junger Soldat mitgemacht und danach die Trümmer- und Aufbaujahre im Nachkriegsdeutschland erlebt. Man kann ihm stundenlang zuhören, wenn er seine Geschichten aus vergangenen Zeiten erzählt und es wird nie langweilig.

Die besten Geschichten für mich sind aber die, welche ich selber mit ihm erleben durfte. Wie zum Beispiel folgende:

Willi's Geburtstagsfeier

Willi feiert seine Geburtstage am liebsten bei sich zu Hause. Er meint, dass die Restaurants sowieso viel zu teuer seien und zudem mache es ihm viel Spass, seine Freunde selbst zu bewirten. Schon frühmorgens steht er dann in der Küche und kocht und brät und backt Kuchen und belegt Brötchen und blüht dabei richtig auf.

So auch zu seinem 70. Geburtstag als ich am Vormittag kurz bei ihm reinschaue um nachzusehen, was er so treibt. An diesem ganz besonderen Jubiläumstag will er zum Aperitif gekochte Enteneier mit Kaviarauflage servieren. Als Vorspeise hat er sich für eine hausgemachte Fischsuppe entschieden und für den Hauptgang bereitet er einen Schweinebraten mit Kartoffelpüree zu. Zum Dessert soll es dann einen selbstgebackenen Rosinenkuchen geben.

Ich komm eben bei ihm an, als er den Kuchen aus dem Ofen holt und diesen zum Abkühlen auf die Terrasse stellt.

Wir reden ein wenig und ich schau ihm dabei zu, wie er die Fischsuppe aufsetzt. Diverse tierische Knochen und grob zerschnittene Fischstücke wandern in den grossen Topf. Viel Gemüse und Fischfonds und ein paar Dosen Muscheln mitsamt der Flüssigkeit werden ebenfalls hinzu geschüttet.

Der Anblick dieser Suppe lässt mich erschaudern und ich sage zu Willi, dass ich mir nicht sicher bin, ob diese Suppe ein Erfolg wird. Er schmunzelt genüsslich und tätschelt mich väterlich und gibt mir zu verstehen, dass sie wunderbar wird.

Ich gehe daraufhin hinaus auf die Terrasse um eine Zigarette zu rauchen und werfe dabei einen Blick auf den Rosinenkuchen. Danach werfe ich einen zweiten Blick auf den Kuchen und denke, dass irgendetwas damit nicht stimmt. Er ist nicht mehr goldbraun wie eben, als er aus dem Ofen kam. Der Kuchen ist vielmehr pechschwarz und er pulsiert ganz eigenartig, so als würde er leben. Bei näherem Betrachten erkenne ich tausende von Ameisen, die sich über ihn hermachen.

„Willi! Komm schnell raus und sieh Dir das an! Du wirst wohl einen neuen Kuchen backen müssen!"

In seiner ganz typischen ruhigen Art tritt er auf die Terrasse, sieht sich das Malheur an und meint:

„Oh Mann, oh Mann, oh Mann, oh Mann, das sieht gar nicht gut aus. Aber lass mal, das kriegen wir schon wieder hin."

Er verschwindet kurz im Vorratsraum und kommt mit einer gelbschwarzen Spraydose zurück. Es ist ein Insekten Spray und damit nebelt er den ganzen Kuchen komplett ein, lässt das Gift kurz einwirken und wischt anschliessend die toten schwarzen Punkte mit seinem Handbesen weg.

„Willi, machst Du Witze? Das kannst Du doch nicht machen! Willst Du deine Gäste vergiften?

Zur Antwort erhalte ich eine seiner Standartfloskeln:

„Das macht doch nix. Das merkt doch keiner."

Dann holt er den Puderzucker vom Regal und streut diesen grosszügig über den Kuchen um auch noch die letzten Spuren des Ameisenmassakers zu verwischen.

Nach dieser Notoperation macht sich Willi daran, ein paar Häppchen für den Aperitif vorzubereiten. Dafür benutzt er die Enteneier, die er von einem Nachbarn geschenkt bekommt hat.

Er pult die Schale von den gekochten Eiern, halbiert sie und legt sie auf einem Teller aus. Nun kramt er aus seiner Vorratskammer eine Dose Kaviar hervor.

„Schau mal Thomi, den habe im Aldi für 1,99 die Dose gekauft." „Ist das nicht ein fantastischer Preis? Da wär man ja blöde, wenn man den echten kaufte, denn der hier ist genauso gut."

Er öffnet die erste Dose und holt mit einem Löffel den Kaviar heraus. Was da am Löffel klebt sind jedoch keine kleinen schwarzen Rogen. Es ist ein ekliger dunkelgrauer Schleim, der lange Fäden nach sich zieht.

„Willi, was ist denn das? Das kann man doch nicht mehr essen. Wie alt sind diese Dosen?"

„Du, die sind noch gar nicht so alt, die habe ich erst vor kurzem gekauft."

Ich schnapp mir die Dose um das Verfalldatum zu prüfen. Dieses beweist eindeutig, dass dieser Kaviar seit fünf Jahren nicht mehr zum Verzehr geeignet ist. Willi will den Kaviar aber nur ungern wegschmeissen und probiert ihn deshalb um ganz sicherzugehen, ob er wirklich nicht mehr gut ist.

„Ist gar nicht so schlimm, du. Riecht vielleicht ein wenig streng, aber essen könnte man ihn allemal noch." „Aber gut, schmeiss das Zeugs halt weg, wir nehmen die Mayonnaise für die Eier."

Willi ist ein typisches Kriegskind. Er kann und er will keine Lebensmittel wegschmeissen. Auf seiner Terrasse steht ein grosser Tiefkühlschrank. Dieser ist immer brechend voll mit Fleisch, Fisch und Würsten. In seiner Vorratskammer stapeln sich Dosen mit Gemüse und Früchten und Pakete mit Mehl und Zucker und Kaffee bis hoch zur Decke.

Oft schon habe ich ihm gesagt, dass der Krieg vorbei sei und dass man heute jeden Tag im Supermarkt alles frisch einkaufen könne. Aber wer einmal in seinem Leben richtig schlechte Zeiten durchgemacht hat, der traut auch den guten nicht mehr allzu sehr.

Der Abend naht und mit ihm die geladenen Gäste. Zur Vorspeise wird die hausgemachte Fischsuppe gereicht. Alle bekommen einen Teller davon ab, nur ich verzichte dankend. Ich habe nach diesen denkwürdigen Erlebnissen vom Nachmittag bereits zu Hause gegessen und sage, dass ich Fischsuppe nicht mag.

Unsere Nachbarin, die Andrea, liebt jedoch Fischsuppe über alles und meint, dass sie meine Portion dann auch noch nehmen werde. Ich schaue ihr leicht angewidert und bemitleidend zu, wie sie sich lustvoll einen Löffel nach dem anderen in den Mund schiebt.

Plötzlich schreit sie auf und verzieht ihr Gesicht zu einer abscheulichen Grimasse. Sie schluckt und hustet und hält sich die Hand vor den Mund und hustet ein weiteres Mal. Plötzlich plumpt ihr ein blitzblanker und schneeweisser Backenzahn aus dem Mund direkt in den Teller.

Mein Gott - denken wir nun alle. Hat sich die Andrea etwa einen Zahn ausgebissen? Aber womit denn? Gab es da vielleicht einen Knochen in der Suppe? Alle starren wie gebannt zu Andrea rüber und nachdem sich diese einigermassen gefangen hat, fragt sie Willi:

„Willi, was ist denn das, also mein Zahn ist das nicht. Was hast Du da alles in diese Fischsuppe reingemacht?"

„Na ja, ich hatte da noch einen halben Schweinekopf im Tiefkühler und da dachte ich, den kann man ganz gut in der Suppe mitkochen. Dabei muss sich dann wohl ein Zahn aus dem Gebiss gelöst haben."

Nach diesem Erlebnis haben nun auch die anderen Gäste genug von der Fischsuppe, niemand ist mehr hungrig. Aber Willi wird bestimmt noch ein freies Plätzchen in seinen Kühltruhen finden, um die vielen Reste des heutigen Abends zu verstauen. Und irgendwann wird er diese Reste schon noch vertilgen.

Nachts um Drei kommt die Polizei

Willi feiert gerne und oft. Hauptsächlich dienstags kann es vorkommen, dass er spontan nach seinem obligatorischen Marktbesuch in Artá mit ein paar Freunden in irgendeiner Kneipe hängen bleibt und weiter feiert. Es wird gezecht bis tief in die Nacht und so auch am heutigen Tag.

Um drei Uhr morgens werden Barbara und ich durch laute Stimmen draussen auf der Strasse geweckt. Wir schauen aus dem Fenster um nachzusehen woher dieser Lärm kommt. Auf der Strasse stehen zwei Uniformierte der Guardia Civil und zwei weitere Personen, sowie Willi, der sich leicht schwankend an der Gartentür festzuhalten versucht.

Das kleine Grüppchen bespricht sich ganz aufgeregt. Wir gehen zurück ins Bett und fragen uns, was Willi wohl jetzt schon wieder angestellt hat.

Am nächsten Morgen wird mir beim Spaziergang mit dem Hund gewahr, was er sich geleistet hat. Als erstes bemerke ich Autoteile und Glassplitter, die wahllos verstreut entlang der Strasse liegen. Ein paar hundert Meter weiter, direkt vor einer Bar liegen weitere Karosserieteile, darunter auch eine komplette Stossstange.

Wieder zu Hause angekommen schaue ich mir Willi's Auto genauer an. Die herumliegenden Teile gehören zweifellos zu seinem Golf. Die Vorderseite sieht ziemlich lädiert aus. Ein paar Meter von seinem Golf entfernt steht ein weiteres Auto, welches komplett verbeult ist.

Ich gehe zu Willi und frage ihn, was er denn dieses Mal wieder angerichtet hat. Mit unschuldiger Miene erzählt er mir:

„Mann, Mann, Mann du." „Ich war gestern Abend ganz schön besoffen. Ich hab nicht mal mehr bemerkt, dass ich beim rausfahren aus dem Parkplatz vor der Kneipe direkt in eine Wand gedonnert bin."

„Ich kann Dir sagen Du. Kompletter Filmriss auf der ganzen Linie."

„Du lebst aber ziemlich gefährlich Willi, das weisst Du schon oder?"

„Ach was! Weisst Du eigentlich was überhaupt das gefährlichste im Leben ist? Das ist das Leben selbst, denn das endet immer tödlich."

„Ja Du und dann" erzählt er weiter, „mitten in der Nacht hat es an der Tür geklingelt und ich dachte, na wer klingelt denn um diese Uhrzeit an der Tür? Draussen standen zwei Uniformierte und ich dachte die seien von der Heilsarmee. Da habe ich denen gesagt, sie sollen mich mit ihrem Scheiss in Ruhe lassen und ihnen die Tür direkt vor der Nase zugeknallt."

Aber die beiden Uniformierten gaben keine Ruhe und nachdem sie Willi deutlich zu verstehen gegeben haben, dass sie nicht von der Heilsarmee seien, sondern von der Polizei und er sich nun schleunigst anzuziehen habe und auf die Strasse rauskommen müsse, da beginnt er zu begreifen, dass da was nicht stimmt.

Draussen vor dem Haus muss Willi sein Auto identifizieren und bestätigen, dass er bereit sei, sämtliche Kosten für die verursachten Schäden zu übernehmen. Nachdem Willi seine Schuld eingestanden hat und sich zur Zahlung der Schäden bereit erklärt, ist für Polizisten die Sache erledigt und Willi kann wieder zurück in sein Bett torkeln.

Das war's. So einfach und unbürokratisch kann es in Spanien zugehen. Jedoch vorausgesetzt, es handelt sich nur um Sachschaden. Wenn Menschen verletzt werden hört auch in Spanien der Spass auf und die Strafen können dann empfindlich sein.

Wenn Willi aus seinem Leben erzählt, dann immer auch mit leichtem Stolz und Schalk. Er hat in seinem langen Leben schon so viel mitgemacht, dass ihn wohl nichts mehr aus der Fassung bringen kann. Er sieht alles immer von der positiven Seite. Seine Altersweisheit ist beeindruckend und von ihm habe ich etwas ganz wichtiges gelernt:

Man sollte das Leben nicht zu ernst nehmen und schon gar nicht allzu schwer. Vieles, was uns als wichtig verkauft wird, ist es überhaupt nicht.

Wichtig

Geboren, irgendwo, irgendwann
Unwichtig, keiner erinnert sich daran

Erst Schule, dann Arbeit, dann all der Rest
Von früh an in die Form gepresst
Vom Staat gehütet und gelenkt
Kaum einer der noch selber denkt

Hart verkrustet bis ganz drinnen
Die Orientierung mag kaum noch gelingen
Was Neues darf nicht stehn im Wege
Man stets das gute Alte pflege

Voll am Krückstock durch das Leben
Nur nicht stürzen - weiterstreben
Ständig in Angst, was zu verlieren
Einfach nur dahinvegetieren

Was tun wir hier ein Leben lang
Sitzen, warten, wie am Empfang
Halten Reden, was nicht gut
Um es zu ändern, fehlt uns der Mut

Am Ende bleibt, so wie vermutet
Ein Haufen Knochen - ausgeblutet
Das Leben lang sich treten lassen
Kanonenfutter sind wir Massen

Gestorben, irgendwo, irgendwann
Unwichtig, keiner erinnert sich daran

KAPITEL 5

HEISSZEIT

Die Luftfeuchtigkeit liegt bei gefühlten 99 Prozent. Ich schwitze, ohne mich zu bewegen. An diesem Morgen um 07.00 Uhr in der Frühe bin ich wieder an der Reihe. Das Frühstücksbuffet aufbauen, die Wege wischen, den Pool sauber machen. All dies muss erledigt werden, bevor die ersten Gäste herunter kommen.

Das Wasser im Pool ist fast am Kochen und vernebelt meine Brillengläser komplett. Ich sehe nichts mehr und komme mir vor, wie in einem Türkischen Bad. Es ist Anfang August und ein weiterer Hitze Tag steht uns bevor. Nach dem reinigen des Pools bin ich komplett nassgeschwitzt. Ich sehe aus, als wäre ich unfreiwillig im Wasser gelandet, oder als hätte ich einen Marathonlauf hinter mir. Dabei habe ich nur mit dem Sauger in ganz langsamen Bewegungen den Boden gereinigt.

Ich hasse die Sommermonate. Sie sind der reine Horror für mich. Wenn es im Juni langsam anfängt wärmer zu werden, macht mich das schon nervös. Die ersten Jahre im Süden hatte ich noch genossen, aber da war ich noch jung, noch keine Dreissig, da konnte es nicht heiss genug sein. Aber nach fünfzehn Jahren Sommerhitze, halte ich es nun nicht mehr aus.

Um 07.00 Uhr zeigt das Thermometer an diesem Morgen bereits 26 Grad an. Dieser Tag wird wieder Rekordverdächtig. Etwas angenehmer ist es drinnen im Büro. Der Ventilator verspricht wenigstens ein bisschen Luftbewegung, während draussen überhaupt nichts mehr geht.

Die Gluthitze dringt unbarmherzig durch die offenen Fenster. Es ist ein Martyrium, ich leide. In unserem Hotel gibt es keine Klimaanlage und so stöhnen auch unsere Gäste. Die kleinen Deckenventilatoren in den Zimmern kommen nun längst nicht mehr an gegen die kompakte Wand heisser Luft.

Ein Bad im Meer oder im Pool bietet auch keine Abkühlung. Die Wassertemperaturen liegen ebenfalls bei 30 Grad. Und am Nachmittag, dann wenn die Hitze am unerträglichsten ist, kommt es wie so oft in diesen Tagen zum Stromkollaps. Das Netz auf der Insel bricht komplett zusammen.

Kein Wunder, denn sämtliche Geräte, die nur irgendwie die Luft bewegen oder Abkühlung versprechen, laufen nun nonstop auf Hochtouren. Ventilatoren oder mobile Klimageräte sind auf der ganzen Insel seit Wochen schon ausverkauft, nicht mal in Palma in den Grossmärkten ist noch ein Gerät zu finden.

In den heissesten Nachmittagsstunden, so zwischen 14.00 und 16.00 Uhr, geht es im Hotel eher ruhig zu. Die Gäste liegen entweder am Strand oder unter den Schatten spendenden Pinien am Pool. Das Faulenzen wirkt ansteckend, man wird schläfrig und hat überhaupt keine Lust dazu, irgendetwas zu arbeiten. Sogar das Denken fällt einem schwer. Motivation gleich Null.

Wenn ich es dann im Bürosessel nicht mehr aushalte, steige ich ins Auto und fahre nach Capdepera zum Drogeriegeschäft Müller. Es ist an Hitzetagen wie diesem, der schönste Ort den man sich auf Erden vorstellen kann. Eine Wellness Oase mitten in der Wüste.

Ich betrete das Geschäft und werde von einer sagenhaft kühlen Luft umarmt. Nicht zu kalt, gerade richtig und dank eigenem Generator läuft der Strom sogar dann, wenn anderswo nichts mehr geht. Ich geniesse hier die angenehme Berieselung mit typischer Kaufhausmusik und die sauber geordneten Regale. Ich geniesse die Aromen von Zitrusblüten in der Luft und die freundlichen Angestellten. Dieser Drogeriemarkt ist für mich wie eine Therapie, ich kann hier total relaxen. Der Hitzeterror draussen scheint ewig weit weg zu sein.

Ich schlendere genüsslich durch die Regalreihen und bleibe dabei komplett trocken. Erholung pur, ich möchte das Geschäft gar nicht mehr verlassen, denn draussen wartet der glühende Horror, die reinste Hölle.

Aber alles Schöne hat irgendwann leider auch mal sein Ende. Irgendwann muss man wieder raus in die Wirklichkeit. Ob das wohl im Paradies auch so ist?

In unserem Wohnviertel, da gibt es einen kleinen Supermarkt, gleich um die Ecke. Dieses Geschäft ist sozusagen das Gegenstück zum Müller Drogeriemarkt.

Wenn man diesen Laden betritt, dann will man so schnell wie möglich wieder raus, denn dieses Geschäft wird von einem komplett geistesgestörten Typen betrieben.

Im Sommer ist die Klimaanlage seines Ladens derart runtergedreht, dass ich beim Betreten das Gefühl habe, meine Füsse frieren jetzt dann gleich am Boden fest. Die Getränkeflaschen im Regal sind genauso kalt wie diejenigen im Kühlschrank. Man hält es dort drinnen ohne Pullover keine fünf Minuten aus.

Und jetzt kommt der Gipfel des Irrsinns: Weil diesem Trottel dort drin ebenfalls so bitter kalt ist, lässt er die beiden Eingangs- bzw. Ausgangstüren speerangelweit offen, damit ihm die heisse Luft von der Strasse ein wenig Wärme verschafft.

Ich mache ihn auf diesen Wahnsinn nicht aufmerksam, weil ich weiss, dass es nichts bringt. Ich will auch nicht der ewig nörgelnde Ausländer aus dem Norden sein. Denn unsere Besserwisserei geht den Einheimischen nämlich unheimlich auf den Zahn. Also am besten schnell zahlen und nichts wie raus aus diesem Irrenhaus.

Die Hitze ist wirklich ein böser Begleiter des Menschen, eine ganz üble Sache ist sie. Der arme Tropf im Supermarkt ist ja nicht der einzige dem die Hitze die Sicherungen durchgeknallt hat. Viele Menschen fangen in der Hitze an verrückt zu spielen. Hauptsächlich Menschen aus dem Norden, die die Hitze nicht so gewohnt sind.

Manche erklären dann ihren bedenklichen Zustand mit überschäumender Lebenslust. Wenigstens einmal im Jahr aus der Reihe tanzen zu wollen und das Leben geniessen. Frohsinn zeigen.

Die Hitze macht die Menschen verrückt, sie lässt das Blut in Wallung geraten und verwandelt einen kühlen Kopf in einen Hitzkopf. Der Nordländer glaubt nun plötzlich das südländische Temperament in sich zu spüren. Er tut Dinge, die er zu Hause aus lauter Scham nie tun würde. Er entblösst sich vor wildfremden Menschen.

Hemmungslos werden am Strand die schlaffen Brüste, die wie Schläuche über den Knien hängenden, präsentiert. Egal ob das jemand sehen will oder nicht. Rücksicht dem Mitmenschen gegenüber zählt nichts mehr.

Es werden Krampfadern, dick wie Waldwege, an krummen John Wayne Beinen zur Schau gestellt und pelzige Rücken, die aussehen, als wären sie mit Glaswolle verklebt. Stolz trägt der Mann seinen schlabbernden, wabbeligen und hässlichen Bierbauch öffentlich zur Schau.

Es gibt Menschen, die sich davor schämen, sich im eigenen Heim vor dem eigenen Partner auszuziehen, weil sie ihren geschundenen Körper ungern zeigen wollen. Manche ertragen es sogar nicht einmal sich selbst im Spiegel zu betrachten. Warum aber tragen sie dann diesen Körper im

Urlaub, ungeniert und in aller Öffentlichkeit zur Schau? Wo bleibt da die Sittenpolizei um Strafzettel zu verteilen?

Die Hitze verleitet den Menschen dazu, die grundlegendsten gesellschaftlichen Anstandsregeln, welche ein respektvolles Miteinander garantieren sollten, einfach und kurzerhand über Bord zu werfen. Wie viel schöner ist es doch da im Winter, wenn alle wohlig und mollig eingepackt sind.

Unwichtig

Was ist bloss los auf dieser Welt
Wo jeder Narr nur denkt ans Geld
Das viel verspricht und doch nichts hält
Der Reiche es voll Wonne zählt
Gern Alles nur für sich behält
Und so sich ziemlich dumm verhält
Der Arme fühlt sich dann verprellt
Weil er davon nicht viel erhält
Und damit nur noch mehr sich quält
Dem schönen Schein man leicht verfällt
Hinzu sich noch die Gier gesellt
Es geht nicht ohne wird erzählt
Wer es nicht hat ist abgewählt

Die Welt ist Geld, Geld ist die Welt
Bis irgendwann beides zerfällt

KAPITEL 6

MEDITERRANE LEBENSQUALITÄT

Das Temperament

Dieses unwiderstehliche südländische Flair, diese Gelassenheit und beneidenswerte Leichtigkeit des Seins. Diese lässige Unbekümmertheit, und „alles ist ganz easy" Weltanschauung. Diese dauerhaft sonnenbebrillte Coolness, diese total relaxte Mañana-Mentalität. All das war mir schon immer suspekt und geht mir unheimlich auf die Nerven.

Diese krankhafte Gleichgültigkeit zeigt sich in allen Situationen und Lebenslagen. Der eine stellt sein Auto demonstrativ mitten auf der Strasse ab, um schnell eine Zeitung am Kiosk zu holen, während die anderen hinter ihm geduldig auf ihre Weiterfahrt warten müssen. Hupen nützt nichts, es dauert dann nur noch länger und ein verständnisloser Blick trifft einem, der sagt: „Hey Mann, bleib cool!"

Kratzer und Beulen die dem Auto beim Einparken zugefügt werden gehören zum Alltag. Niemand macht sich die Mühe, den Besitzer zu informieren und auch die Polizei zeigt keinerlei Interesse. Die meisten Lackschäden und

Beulen bekommen die Autos auf den Parkplätzen der Supermärkte ab. Während die Mütter lauthals miteinander Palavern, veranstalten deren Kinder mit den Einkaufswagen Crash Car Rennen zwischen den Autoreihen.

Ich habe es sogar schon erlebt wie eine Gruppe von fröhlichen Kindern auf meinem Autodach rumklettert und tobt. Aber keine der Mamas hat dies interessiert. Erst als ich angefangen habe Ohrfeigen zu verteilen, sind sie wach geworden.

Man sollte sich wegen solch banalen Nichtigkeiten nicht aufregen, man will ja auch kein kleinbürgerlicher Spiesser sein. Abgesehen von uns Ausländern stört sich sowieso kein Mensch daran. Aber der pflichtbewusste Nordeuropäer, zu dessen Tugenden Recht und Ordnung gehören, hat seine liebe Mühe mit dieser Mentalität und muss lernen, damit klar zu kommen, wenn er hier auf Dauer leben will.

Der gute Wille, die Gepflogenheiten der einheimischen Bevölkerung zu respektieren wird stetig auf eine harte Probe gestellt. Das Temperament äussert sich in sehr vielen Lebensbereichen. Da wäre zum Beispiel ...

Der Lärm

Der Lärm ist ein ganz zentraler Bestandteil und steter Begleiter der mediterranen Kultur. Man kann ihm nicht aus dem Weg gehen, denn er ist zu jeder Tages- und Nachtzeit omnipräsent.

„Mallorca – Die Insel der Ruhe". So lautet eine völlig realitätsferne Werbebotschaft, welche vor allem in den Sommermonaten fast schon als Hohn empfunden werden kann. Denn während den Sommermonaten erreicht der Lärmpegel, auch dank grosser Unterstützung durch die Touristen, seinen absoluten Höhepunkt.

Wer seinen Urlaub schon einmal in einer typischen Ferienwohnsiedlung verbracht hat, der kann ein Lied davon singen. Jede Nacht wird auf einem anderen Balkon ein Fest gefeiert. Mal kommt der Lärm vom Nachbarn unten, mal von oben, mal von weit hinten oder ganz vorne und vor Fünf Uhr Morgens ist die Party meist nie zu Ende.

Alles was Lärm macht ist willkommen. Lärm heisst leben. Die Jugend liebt es auf ihren frisierten Mopeds durch die Gassen zu donnern, dabei wird das Auspuffrohr angebohrt oder gleich ganz abgesägt. Die alten bevorzugen derweil eher die Hupe ihres Autos. Jede noch so kleine Gelegenheit wird genutzt um diese kräftig zu drücken. Es darf auch gerne mal mitten in der Nacht und mitten im Wohnquartier sein. Ohne Hupe geht nichts. Bei Rotlicht an der Kreuzung wird dem Vordermann schon gehupt, bevor die Ampel überhaupt von Rot auf Grün gesprungen ist.

Musik ist ebenfalls ein sehr beliebtes Mittel um auf sich aufmerksam zu machen. Ohne Rücksicht auf den Nachbarn oder auch in Konkurrenz zu ihm. Egal ob zu Hause in der engen Wohnung bei offenem Fenster oder draussen auf der Strasse. Die Musikboxen im Seat Ibiza wummern so gewaltig, dass man glaubt es müssten jetzt gleich sämtliche Nieten aus der Blechverkleidung des Kleinwagens schiessen. Wer genug hat von der nervigen Dauerbeschallung und sich etwas Ruhe gönnen möchte, der fährt hinaus in …

Die Natur

Eins sein mit der Natur und im Einklang mit der Natur leben. Die Naturverbundenheit der mediterranen Völker ist sprichwörtlich und das Ideal, welchem auch wir gerne nacheifern.
Der tiefgebräunte und wettergegerbte Fischer gilt für uns Stadtmenschen als Inbegriff des verwegenen Naturburschen. In den Weiten der Meere ist er zu Hause und unterwegs. Respektvoll behandelt er die See, holt sich nur was er benötigt und gibt zurück, was er nicht braucht. Es ist ein Geben und ein Nehmen. Wer schon einmal mit Fischern auf hoher See war, der weiss, dass die Fischer dem Meer so ziemlich alles nehmen, was nur möglich ist und alles geben, was nicht mehr gebraucht wird. Leere Plastik-, Wein-, und Schnapsflaschen, Bierdosen, die Müllsäcke von zu Hause, Batterien und Ölkanister werden skrupellos über Bord geworfen. Vieles davon findet man später an vermeintlich naturbelassenen Stränden wieder. Ganze Küstenabschnitte,

aber auch verborgene romantische Buchten, sehen aus wie Müllkippen.
Das Bild, welches ich von den Fischern, die ich traf, noch immer präsent habe, ist das von Whisky saufenden, herumgrölenden und rülpsenden Gesellen, welche die meiste Zeit auf See in ihrem schaukelnden Delirium verbringen. Es scheint als pflegten sie ein Piratenimage, der ewige Traum eines jeden kleinen und grossen Buben. Der sanfte Umgang mit Tier und Natur passt da überhaupt nicht in dieses Bild.

Aber nicht nur zu Wasser, auch zu Land überlässt die Bevölkerung der Natur viel, was sie nicht mehr brauchen kann. Die Müllkippen sind in diesem Falle die Wälder, das ist bequemer und billiger als der Schrottplatz. Der Wald ist eine wahre Fundgrube von allem was nicht dorthin gehört. Man findet Kühlschränke, Kochherde, Waschmaschinen, Fernseher, Heizkörper, Autoreifen und ganze Autowracks deren Motorenöl gemächlich im Boden versickert. Naturschutz ist in weiten Teilen der Bevölkerung kein Thema, dem grosse Beachtung geschenkt wird, genauso wenig wie der respektvolle Umgang gegenüber Tieren. Im Prinzip agieren viele Spanier in Sachen Natur- und Tierschutz noch immer auf Steinzeitniveau. Apropos Zeit, wenn der Südländer eines hat, dann ist es …

Die Zeit

Ein afrikanisches Sprichwort lautet:
„Ihr Europäer habt die Uhren, wir haben die Zeit".
Für uns Nordeuropäer ist des Südländers entspannter Umgang mit der Zeit ein grosses Mysterium. Es ist kein Klischee, dass das meist gebrauchte Wort im spanischen Sprachschatz „**MAÑANA**" lautet. Frei übersetzt bedeutet Mañana: „Was Du heute kannst besorgen, das hat auch noch Zeit bis Morgen". Oder in einer leichten Abwandlung: „Komm ich Heut nicht, komm ich Morgen".

Und dies ist nicht einfach nur eine Floskel, es wird gelebt. „Mañana" nimmt in der spanischen Kultur einen sehr zentralen Stellenwert ein. Es ist das Gegenstück zu unserem „Beweg Deinen Arsch! Aber flott jetzt!"

„Mañana" ist eine Lebenseinstellung, und vermutlich nicht die schlechteste. Mañana bedeutet nicht, dass „Morgen" tatsächlich die Aufgabe in Angriff genommen wird, welche schon lange zu erledigen gewesen wäre. „Mañana" steht generell für irgendwann in der Zukunft, ganz ohne Zeitdruck. Denn auf „Morgen" folgt ja wieder ein „Morgen" und wieder einer und wieder einer und so fort. Der Spanier kommentiert diese Tatsache treffend und selbstironisch wie folgt: „Mañana, mañana. Mañana no viene nunca" – „Morgen, Morgen. Der Morgen kommt nie". Man kann in Spanien so gut wie nichts mal eben schnell erledigen. Alles braucht wahnsinnig viel Zeit. Insbesondere die Bürokratie ist so aufgebläht und unübersichtlich, dass selbst die Behörden damit nicht klarkommen und Dir nicht genau sagen können, was Du tun solltest. Beide Seiten sind dann überfordert und verlieren schnell mal den Überblick, was regelmässig in Chaos endet. In Spanien benötigt man die Zeit von zwei Leben, um all das erledigen zu können, was man in der Schweiz in einem Leben schafft.

Eine weitere Nordische Tugend welche in Spanien als äusserst verpönt gilt, ist die: PÜNKTLICHKEIT! Es existiert zwar auch im Spanischen ein Wort dafür, aber niemanden interessiert's. Niemand ist pünktlich und niemand will pünktlich sein. Die Pünktlichkeit wird dem strebhaft getriebenen Normannen überlassen. Die angegebenen Büro- oder Ladenöffnungszeiten sollen nur eine ungefähre Orientierung geben, sie sind rein formell und sollten ja nicht wörtlich genommen werden.

Nur der Normanne drückt sich um 09.00h morgens vor einem Geschäft die Nase platt, und ärgert sich darüber, weil auf der Infotafel 09.00h geschrieben steht. Man sollte generell immer erst eine halbe Stunde nach den angegebenen Öffnungszeiten ein Geschäft aufsuchen. Dasselbe gilt auch für die Schliesszeiten am Abend. Dort wo 18.00 h angeschrieben steht, sollte man besser um 17.30h erscheinen, ansonsten kann es passieren, dass bereits schon alles dunkel und ruhig ist. „Pech gehabt! Probier's mañana noch einmal."

Wenn Spanier sich verabreden dann wird, ganz im Gegensatz zu uns zeitgesteuerten Kontrollfreaks, keine exakte Stunde vereinbart. Man trifft sich am Abend, an diesem oder an jenem Ort, und dabei spielt es keine Rolle ob einer um 19.00h kommt oder erst um 20.00h. Pünktlichkeit ist für den Südländer eigentlich gar kein Thema. Pünktlichkeit ist nur ein Wort ohne Sinn.

Die Ernährung

Wir beneiden die Südländer für ihre gesunde mediterrane Küche und eifern ihnen gerne nach. Wir glauben fest daran, sie ernährten sich nur von bestem nativem kaltgepresstem Olivenöl, von frischem Gemüse und sonnengereiften Früchten, von Eiern glücklicher Hühner, von fangfrischem Fisch und hormonfreiem Fleisch freilaufender Schweine. In Wahrheit vegetieren die meisten Tiere auch hier in riesigen Batterie- oder Mastbetrieben und in Zuchtbecken. Die heillos chaotische spanische Bürokratie ermöglicht es den Betreibern solcher Folterkammern, selbst minimalste Tierschutzgesetze zu umgehen.

Auch werden spanische Äcker noch immer in grossem Stil mit Chemikalien überzogen, deren Gebrauch bei uns schon längst verboten ist. Die Tomaten und die Erdbeeren reifen unter gigantischen Plastikplanen, sodass deren

Aromen komplett geschmacksneutral sind. Kartoffeln werden mit Narbenbildenden Mitteln behandelt wenn sie aufplatzen. Einen traurigen Schadstoffrekord hält seit längerem die rote Peperoni aus Spanien. Lebensmittellabore empfehlen sogar, auf deren Verzehr ganz zu verzichten. Die spanischen Landwirtschaftsprodukte aus dem Massenanbau werden in Bezug auf deren Giftgehalt nur noch von den chinesischen Produkten der Jangtse Kloakenfelder übertroffen.

Das Thema Ernährung überstrahlt alle anderen Bereiche des täglichen Lebens. Essen ist die Grundlage von allem. Was darf man essen und was sollte man besser meiden? Sollte man am besten gar nichts mehr essen, oder nur noch zu Hause, da wüsste man was man auf dem Teller hätte. Und wenn man doch einmal ein Restaurant besucht, wie gesund ist dort das was einem aufgetischt wird? Fragen über Fragen, welche die Gastronomie vielleicht am besten beantworten kann.

Verpflegungsstätten

Mallorca hat die europaweit höchste Dichte an Restaurants, Kneipen und Bars. Besonders in touristischen Zonen ist in jedem zweiten Gebäude ein Lokal untergebracht das auf Hungrige und Durstige wartet. Trotz dieser hohen Dichte findet man kaum noch gemütliche Restaurants mit Gerichten aus Grossmutters Rezeptbuch.

Nur ganz selten findet man das kleine romantische in einer einsamen Bucht gelegene Restaurant, wo gekühlte Landweine zusammen mit fangfrischen Meeresfrüchten von Kellnern, die nur spanisch reden, serviert werden. Und falls man so was findet, dann sollte man es nicht weitersagen, sonst ist es vorbei mit der Romantik.

Es ist auch hier wie überall auf der Welt, die Massen kommen, die Massen haben Hunger und sie müssen entsprechend abgefüttert werden. Dank der Globalisierung und des Massentourismus hat die standardisierte und vorgefertigte Industrienahrung, das Convenience Food, auch hier seinen Siegeszug angetreten. Pizzerien, Kebab-Stände, Mc Donalds, Burger Kings und KFC's liegen Tür an Tür mit der Bar Frankfurt, dem Bierbrunnen und dem Irish-Pub. Hier findet ein jeder Ochse sein liebstes Gras, das Mallorquinische geht dabei unter in diesem wild wuchernden Unkraut.

Vielversprechende Infotafeln wie: „**Hier nix Sauerkraut, hier kocht Pepe**" erweisen sich im Nachhinein oft als Täuschung. Man muss schon sehr weit ins Hinterland fahren und dazu ein dickes Portemonnaie dabei haben, um wirklich noch ein typisches und hochwertiges Restaurant zu finden.

Viele der Strandtouristen besitzen weder ein Mietauto, noch eine dicke Brieftasche und entscheiden sich deshalb gleich für ein Hotel welches Verpflegung anbietet, oder besser noch „all inclusive" Verpflegung. Dies macht zugegebener Massen Sinn für Familien mit Kindern und ist auch OK. Die Buffets präsentieren sich sehr ansprechend. Das Essen ist ausgewogen und ähnelt dem, was man von zu Hause kennt. Kartoffeln, Nudeln, Spaghetti oder Reis. Dazu Schnitzel oder Hühnchen, sowie Hamburger und Würstchen. Für die Gesundheit sind viele bunte Salate und auch Gemüse im Angebot. Dann und wann kann, wer möchte, die lokalen Spezialitäten probieren. Es wird Paella und Fisch aufgetischt und einmal pro Woche wird zum Mallorquinischen Buffet geladen.

Wie fast alles im Leben hat auch diese Art der Verköstigung ihre Schattenseiten. Sehr deprimierend kann der Blick in die Verpflegungsstätten der grossen Bettenburgen sein. In riesigen Abfertigungshallen, werden die hungrigen Mäuler wie am Fliessband aus stets gut gefüllten Silos gefüttert. Schweinemast Atmosphäre im Schichtbetrieb. Jeder Herde werden genau 45 Minuten zugestanden um das Futter aufzunehmen. Danach haben die Kellner 15 Minuten Zeit um die Tische wieder sauber zu machen und neu einzudecken. Derweil wartet schon die nächste Herde ungeduldig und blökend am Eingang.

Diese Massenverpflegung ist jedoch nicht nur dem gemeinen Touristen vorbehalten, sondern in leicht abgeänderter Form auch bei den Einheimischen sehr beliebt. Grosskantinen, rustikal im Stil eines alten Landrestaurants eingerichtet, die bis zu 300 Gästen Platz bieten. Sie heissen „Buffet Libre" und man findet sie in ganz Spanien. Der Eintritt kostet zwischen 15.- und 20.- Euro und dafür kann man Essen so viel wie man will. Qualität und Geschmack sind eher dürftig, aber es macht satt. Vor allem sonntags sind die Buffet Libres brechend voll und es geht zu wie in einem Bienenhaus. Der Lärmpegel ist entsprechend hoch, aber dafür ist die Atmosphäre authentisch und eine wohltuende Abwechslung zu den Touristen Hotspots.

Und wenn man sich den Wanst dann so richtig vollgestopft hat, dann kann es passieren, dass man es am nächsten Tag vielleicht bereut und nebst dem üblichen Unwohlsein noch andere Leiden auftreten könnten. Oft kommt die Einsicht dann zu spät:

Einsichten

Hab ab und zu ein wenig Gicht
Auch mit dem Blutdruck stimmt was nicht
Besitz ein schwaches Augenlicht
Leide leicht an Übergewicht
und einem Durchschnittsarschgesicht
Bin vom Gemüt her eher schlicht
Manche sagen, nicht ganz dicht
Hab oft Lücken, erinner mich nicht
vergesse dabei meine Pflicht
Mein Weib sagt dann: So geht das nicht
Ganz ehrlich und aus meiner Sicht
Was bin ich doch ein armer Wicht

KAPITEL 7

DER GANZ ALLTÄGLICHE WAHNSINN

Heute Morgen kam wieder einmal der Postbote vorbei. Wenn man Glück hat bekommt man in Cala Ratjada 1 x pro Woche die Post zugestellt. Unser Wohnviertel ist für den Dienstag zugeteilt. Wenn es nun aber am Dienstag regnet wird die Post nicht ausgetragen. Auch nicht am nächsten Tag, denn am Mittwoch ist ein anderes Viertel an der Reihe. Das bedeutet, man muss eine weitere Woche warten, also bis zum nächsten Dienstag. Wir hatten auch schon das Pech, dass es am darauffolgenden Dienstag wieder geregnet hat und abermals keine Post ausgetragen wurde. Das ist kein Scherz, das ist die reine Wahrheit.

Nun denkt sich der kluge Nordmann: „Wenn die Post nicht zu mir kommt, dann gehe ich eben zur Post." Aber da hat man die Rechnung ohne den Postbeamten gemacht. Der gibt sich nämlich nicht einmal die Mühe, nachzusehen, ob es Briefe hat. Seelenruhig lügt er Dir ins Gesicht und erklärt, dass diese Woche keine Post für Dich gekommen sei. Punkt und aus. Ein bei der Post aufgegebener Eilbrief aus dem 80 km entfernten Palma kann also gut und gerne mal zwei bis drei Wochen unterwegs sein. Wir haben das erlebt und zwar mehr als einmal. Dank dieser Schneckenpost boomen auf Mallorca die privaten Paketdienste wie DHL und UPS.

Doch nicht nur der Regen beeinträchtigt die Postzustellung, auch der heisse Sommer verunmöglicht einen seriösen Dienst.

Im August herrscht im ganzen Land Ausnahmezustand. Sämtliche öffentliche Dienste und Staatsbetriebe haben geschlossen und sind auf Urlaub - natürlich auch die Postboten. Die wenigen Aushilfskräfte sind dann in der Regel Schüler und Studenten, die sich in den Semesterferien etwas Taschengeld verdienen wollen.

So richtig Lust auf Briefe verteilen haben die natürlich auch nicht, wenn sich zur gleichen Zeit all ihre Freunde am Strand vergnügen. Die staatlich verordneten Hitzeferien lähmen das ganze Land, das öffentliche Leben kommt fast vollständig zum Stillstand.

Aufregen sollte man sich deswegen nicht, man kann sich damit trösten, dass sowieso meist nur Rechnungen und Werbung in der Post sind. Es kann auch vorkommen, dass eine Rechnung zusammen mit der 1. Mahnung im Briefkasten liegen. Was soll's, die Zeiten, als man noch wirklich wichtige Post bekam, diejenige in rosaroten Briefumschlägen, mit einem zarten Duft von Parfum, diese Zeiten sind zumindest für meinen Bruder und mich eh schon längst vorbei.

Doch dann, an einem dieser heissen Augusttage haben wir tatsächlich wieder einmal Post im Briefkasten. Darunter befindet sich ein Schreiben des Schweizerischen Konsulats.

Es handelt sich dabei um eine Einladung zur 1. August-Feier, unseres Nationalfeiertages. Der Brief irritiert uns ein wenig, da wir bereits den 3. August haben. Wir fragen uns, ob die Feier wohl stattgefunden hat, wenn die Gäste erst nach dem Fest die Einladungen erhalten.

Wie wir am folgenden Tag aus der Tageszeitung erfahren, hat die Feier stattgefunden. Es überrascht uns, dass nicht nur die lokale Zeitung darüber berichtet, sondern auch überregionale Blätter und sogar die schweizerische BLICK Zeitung erwähnt das Fest. Schon eigenartig, denn so grossartig sind die hiesigen Feiern nun auch wieder nicht. Beim Weiterlesen erfahren wir dann mehr über den Ausgang der Nationalfeier und weshalb sie in den Zeitungen erwähnt wird.

Wie es sich für eine richtige 1.August Feier gehört, wurde natürlich auch ein Feuerwerk gezündet. Ein paar der gestarteten Raketen flogen geradewegs in einen nahegelegenen Pinienwald wo sie ein veritables Feuer entfachten. Mit verheerenden Folgen für Wald und Schweizer Konsul.

Löschmannschaften aus mehreren umliegenden Gemeinden waren Stundenlang im Einsatz, um den Brand unter Kontrolle zu bringen. Für den Konsul muss das ein peinlicher und bitterer Tag gewesen sein, den er wahrscheinlich niemals vergessen wird.

Kopfschüttelnd lese ich mich durch die weitere Korrespondenz und währenddessen steigt mir ein penetrant hässlich scharfer Geruch in die Nase. Dieser Gestank kann nur aus einer Jauchegrube kommen und an heissen Tagen wie diesen, riecht er besonders intensiv. Durch jede noch so kleine Ritze im Gemäuer findet er seinen Weg ins Haus und es bläst kein Windlein, das ihn vertreiben könnte. Der Geruch kommt aus Nachbars Garten, dort wird wohl wieder einmal der „Pozo Negro", also der Abwassertank, geleert und die Gaswolke schwebt genau über unser Hotelgelände und hängt nun hier wie eine Glocke.

Es ist 9.30h am Morgen, die Zeit, zu der sich die meisten Hotelgäste draussen im Garten beim Frühstück aufhalten. Doch heute ist der Garten wie leergefegt. Die gigantische Stinkbombe und die Saug- und Schlürfgeräusche des Pumprohres haben jedem Gast den Appetit geraubt und sie zur Flucht ins Innere des Restaurants getrieben. Ein Gast fragt mich doch allen Ernstes, ob wir das eigentlich absichtlich machen würden, um so beim Frühstück zu sparen.

So etwas macht wütend und ich gehe rüber zum Nachbarn um mich zu beschweren. Der ist natürlich nicht da und so lasse ich meinen Ärger an den Arbeitern ab. Doch die winken ab, sie tun ja schliesslich nur ihren Job. Ich fleh sie an, das nächste Mal erst um 11.00 Uhr zu kommen, dann sind die Gäste aus dem Haus und niemand stört sich an deren Arbeit. Die Männer zeigen natürlich grosses

Verständnis für meine Situation, mehr aber auch nicht, das weiss ich genau. Im Grunde sind sie ganz anständige Kerle und ihr Job scheint ihnen richtig Spass zu machen. Jedes Mal wenn sie unseren Pozo leerpumpen, dann klären sie uns freudig und detailliert über die Viskosität der Rückstände in der Jauchegrube auf.

„Weisst Du es ist so, manchmal hat die Jauche genau die perfekte Dickflüssigkeit, dann kann die Pumpe am effektivsten Arbeiten. Ist der Brei jedoch zu flüssig, dann braucht die Pumpe mehr Power zum Ansaugen und ist er zu dick, kann das zu unangenehmen Verstopfungen im Rohr führen."

Ihre detaillierten Beschreibungen klingen fast wie Wissenschaftliche Studien, und sie lieben es, mit einem breiten Grinsen, davon zu erzählen. Diese beiden Burschen kann man nur bewundern. Sie verrichten Ihre dreckige Arbeit mit einer Gelassenheit und der dazu notwendigen Portion Humor, ohne die es sonst wohl kaum zu ertragen wäre.

Schon ist Mittagszeit und am Pool liegen nur eine Handvoll Gäste, die es nicht an den Strand gezogen hat. Es ist ruhig und ich nutze die Zeit, um ein paar Artikel in der „Mallorca Zeitung" zu lesen. Dort steht, dass es vor einigen Tagen zu grösseren Flugverspätungen am Flughafen in Palma kam. Der Grund dafür war das Radrennen „Vuelta de Isla".

Die einzige Zufahrtsstrasse zum Flughafen wurde für das Rennen während zwei Stunden komplett abgesperrt. Ankommende Passagiere waren somit blockiert und abreisende konnten den Flughafen nicht erreichen. Die Organisatoren des Rennens hatten den Flugbetrieb völlig ausser Acht gelassen und die zuständigen Behörden taten wohl dasselbe. Gibt schon zu denken, diese Nachricht.

Es ist früher Nachmittag und an der Rezeption stehen zwei unserer Stammgäste. Sie reisen heute ab und wollen sich verabschieden. Derweil ist der Taxifahrer dabei, ihr Gepäck zu verstauen, zwei Koffer und zwei Reisetaschen. Normalerweise passt so was bequem in jeden Kofferraum. Der Taxifahrer jedoch zurrt die beiden grösseren Gepäckstücke mit einem alten Hanfseil auf dem Dach fest.

Den beiden Fahrgästen ist dabei etwas mulmig zumute und ich frage den Fahrer, warum er denn nicht alles im Auto verstaue. Mit verschwörerischem Blick öffnet er den Kofferraum und zeigt ganz Stolz auf eine riesige Box, die fast die Hälfte des Stauraumes einnimmt.

„Das ist ein CD-Wechsler der neuesten Generation. 20 CDs auf einmal kann der schlucken. So was hast Du noch nie gesehen, he?"

Ich bin mir nicht ganz sicher, ob er nur einen Scherz macht, oder ob er das was er sagt, wirklich ernst meint.

„Du machst einen Scherz oder?"

Aber der Taxifahrer scheint nicht zu verstehen was ich meine. Ich tausche einen kurzen Blick mit den Gästen und sehe, dass auch sie verständnislos den Kopf schütteln. Ganz offensichtlich ist dem Taxifahrer eine tolle Musikanlage wichtiger, als sein Transportgeschäft.

Nachdem das Gepäck gut verschnürt ist und das Taxi mit dröhnendem Musiklaustärker losfährt, winke ich unseren Gästen mitleidig hinterher und gehe anschliessend gedankenverloren zurück zur Rezeption. Dort wartet bereits eine ältere Dame auf mich. Sie fragt, ob ich hier der Chef sei und ob ich einen Moment Zeit für sie hätte.

Ich frage Sie, wie ich ihr behilflich sein könnte und sie holt eine Zeitung aus ihrer Handtasche und legt sie auf die Theke. Es ist eine Ausgabe der „Münchner Abendzeitung". Die Frau erklärt mir, dass sie durch einen Artikel in dieser Zeitung auf unser Hotel aufmerksam geworden sei und sich dieses unbedingt habe ansehen wollen. Ich bin ziemlich überrascht, unser Hotel in einer Zeitung? Es war doch nie ein Journalist bei uns zu Gast, daran würde ich mich erinnern.

Die Dame schlägt die Zeitung auf und zeigt auf den betreffenden Artikel. Dort wird erwähnt, dass Hotel Tester auf Mallorca unterwegs waren und anonym verschiede Hotels unter die Lupe genommen haben. Von der einfachen Ein Stern Pension bis zum luxuriösen Fünf Sterne Hotel. Und unser kleines Ca'n Pedrus ist auch in der Auswahl, was angesichts der Masse von Hotels auf Mallorca schon an ein kleines Wunder grenzt.

In Ruhe lese ich was da geschrieben steht und kann es kaum fassen. Ich fange nochmals von vorne an und lese den ganzen Artikel ein zweites Mal durch. Kann das wirklich sein was da steht, meinen die wirklich unser Ca'n Pedrus? Eines der besten auf der ganzen Insel?

Ganz ohne Zweifel, es handelt sich um unser Ca'n Pedrus. Es ist unglaublich aber wahr. Solch eine unerwartete und schöne Nachricht ist schon etwas ganz besonderes. Es passiert einem schliesslich nicht jeden Tag, dass man von einer Zeitung dermassen gelobt wird. Ich habe diesen Zeitungsartikel heute noch und werde ihn wahrscheinlich bis zum Ende meiner Tage in Ehren halten.

Samstag/Sonntag, 18./19. März 1995

Ferienglück liegt nicht in Sternen

Neuer Hotelführer testet Urlaubsherbergen

Kein Reisekatalog kommt ohne sie aus: die Hotelkategorien von eins (einfach) bis fünf (Luxus). Ob als Schmetterlinge, Palmen oder Sterne – stets verspricht die größere Zahl mehr Urlaubsglück – natürlich zum höheren Preis. Jetzt gibt es einen von den Reise-Veranstaltern unabhängigen Führer, der beliebte Hotels aus den Pauschal-Katalogen beschreibt. Wer die Tests vor der Buchung liest, kann unangenehme Überraschungen vermelden.

Das wichtigste: Nicht immer ist das teurere Hotel auch das bessere. Von mancher mit vielen Sternen dekorierten Herberge ist nämlich längst der Lack abgeblättert, manche schlichtere - und preiswertere - Unterkunft erweist sich dagegen als Geheimtip.

Im berühmten Fünfsternehotel Formentor auf Mallorca monierten die Tester ratternde Klimaanlagen, eine „Lobby im Bahnhofstil" und Liegen am Pool, für die der Gast extra zahlen muß. Die romantische Ein-Sterne-Pension Ca'n Pedrus, ein paar Kilometer weiter, reihten die Tester dagegen unter die besten der Insel ein, dank des schönen Pools im verträumten Garten und exzellenter Küche.

Die frech formulierten Testberichte nehmen 190 Urlaubshotels an der Algarve, auf den Kanaren, auf Korfu, Kreta, Rhodos, Tunesien und Mallorca unter die Lupe. Reihenweise werden Schwächen aufgedeckt, die in keinem Reisekatalog zu lesen sind.

Der „Ferien-Hotelführer, 240 Seiten, 24.80 Mark, erschienen in der SRT-Edition, Verlag Kümmerly + Frey.

Münchener Abendzeitung: März 1995

Wir haben wirklich einen Engel an unserer Seite, der das für uns möglich gemacht hat, denn dieser eine Artikel ist erst der Anfang von vielen weiteren Erwähnungen unseres kleinen Hotels. Es folgen Artikel und Empfehlungen in der Frauenzeitschrift „Brigitte", im „GEO Spezial" und sogar gleich 2 mal in der „Welt am Sonntag" und in der deutschen Inselzeitung „Mallorca Magazin" sowieso.

Funkelnde Hotelsterne

Tester: Es muß nicht immer Luxus sein / Von Palmen und Würfeln

Kein Reisekatalog kommt ohne sie aus: die Hotelkategorien von eins (einfach) bis fünf (Luxus). Ob als Schmetterlinge, Palmen, Würfel oder Sterne: Stets suggeriert die größere Zahl mehr Urlaubsglück — natürlich zum höheren Preis. Ein neues Buch ließ die 190 beliebtesten Strandquartiere deutscher Pauschalurlauber jetzt Farbe bekennen. Das Ergebnis: Nicht immer ist das teurere Hotel auch das bessere.

Von vielen Prestige-Objekten an spanischen und griechischen Stränden, in Tunesien und Portugal blätterte der Lack gehörig ab, als sie das Test-Team im vergangenen Sommer unter die Lupe nahm. Manche schlichtere — und preiswertere — Unterkunft erwies sich im Vergleich als echter Geheimtip. Im Fünf-Sterne-Hotel Formentor auf Mallorca zum Beispiel monierten die Tester ratternde Klimaanlagen, eine „Lobby im Provinzbahnhofstil" und Liegen am Pool, für die der Hotelgast extra Miete zahlen muß. Die romantische Ein-Stefne-Pension Ca'n Pedrus, ein paar Kilometer weiter, reihten sie dagegen unter ihre 25 besten. Das ländliche Idyll samt Pool im verträumten Garten und mit exzellenter Küche kostet nur ein Drittel der Luxusherberge.

Respektlos nähert sich das Buch auch ganz großen Namen. Das Hotel Riu Palace Maspalomas auf Gran Canaria hat der Touristik-Gigant TUI gerade zum besten Hotel im Programm gekürt; die Tester attestierten ihm zwar luxuriöse Bäder und ausgezeichnete Frühstücksbrötchen aus eigener Bäckerei, aber ebenso weite Wege zum Strand und einen winzigen Swimmingpool. Der mit drei Sternen nur als Mittelklasse eingestufte Interclub Atlantic im Nachbarort San Agustin erhielt hingegen eine Empfehlung — wegen des herrlichen Palmengartens und des gutgeführten Kinderclubs.

Die frech formulierten Testberichte decken eine Menge Schwächen auf, die nicht in den Reisekatalogen zu lesen sind. Der neue Hotelführer stellt nicht nur lauter Bettenburgen mit Uraltbadezimmern bloß, sondern

Mallorca Magazin vom 20.05.1995

Die Zeit auf Mallorca wird für uns unvergesslich bleiben. Wir haben hier irrsinnig viel an Lebenserfahrung gesammelt und viele Dinge gelernt, die wir auch im weiteren Leben brauchen können. Zum Beispiel einen Toilettenspühlkasten komplett zu zerlegen und wieder zusammenbauen.

Unsere Arbeit im Hotel war ungemein vielfältig und wir haben dabei so viele tolle und interessante Menschen getroffen. Es war immer irgendetwas los und so gut wie nie wurde es langweilig.

Trotz all dieser wunderbaren Erlebnisse während den vergangenen 15 Jahren haben wir das Hotel Ende 2006 verkauft. Jeder Traum geht irgendwann einmal zu Ende und wir wollten weiterziehen um etwas Neues zu Erleben und zu entdecken.

ENDE